Manfred Hoffmann

Tropenschwüle

Abenteuer in Übersee

Manfred Hoffmann

Tropen-Schwüle

Abenteuer in Übersee

FSC
www.fsc.org
MIX
Papier aus ver-
antwortungsvollen
Quellen
Paper from
responsible sources
FSC® C105338

Widmung

Das Buch ist meiner Frau, meinen Kindern und meinen Enkelkindern gewidmet.

Dank

Für ihre große und geduldige Hilfe und Unterstützung gebührt mein besonderer Dank meiner Schwester, sowie meinen Freunden Dr. Ulrich Mösta und Dr. Reinhold Stapf.

Inhalt

Einband: Traditionelle Pinisi (Frachtschiff) im Hafen Sunda Kelapa, Jakarta
Rückseite: Reede vor Manila

Neuer Wind

„Ab heute weht hier ein neuer Wind!" Staunend hört die versammelte Belegschaft der Niederlassung des Handelshauses Carl Gustav Koch & Söhne in Singapur die markigen Worte ihres neuen Chefs. Malaien, Chinesen und Inder mustern den eben aus Deutschland eingereisten Mann. Verunsichert und voller Sorge um ihre Arbeitsplätze hatten alle ungeduldig darauf gewartet, wen man als neuen Leiter der Landesgesellschaft hierherschicken wird. Sechs Wochen war es nun her, seit der bisherige Boss das Unternehmen ganz plötzlich verlassen hatte. Bei der Belegschaft war das wie eine Bombe eingeschlagen. Dabei erregten die Gemüter weniger seine Entscheidung abzutreten, sondern die Umstände, unter denen das geschah. Er war plötzlich weg. Es gab niemand der wusste warum oder wohin er gegangen ist. Mit niemandem hatte er jemals über eine Absicht der Firma den Rücken kehren zu wollen gesprochen oder nur die geringste Andeutung dazu gemacht. Niemand hatte irgendetwas Ungewöhnliches an ihm bemerkt. Nirgends hat er sich verabschiedet. An einem Morgen war er nicht mehr in sein Büro gekommen und seitdem spurlos verschwunden. Schnell kamen Vermutungen auf, er sei möglicherweise nicht freiwillig gegangen, sondern Opfer eines Verbrechens und vielleicht gar nicht mehr am Leben. Die Unternehmenszentrale in Deutschland hatte nur knapp darüber informiert, dass er von seinem Posten abgelöst sei und man vermute, dass er sich nicht mehr in Singapur befände. Weitere Erklärungen wurden nicht gegeben.

Als Dr. Thomas Müller zum Nachfolger ernannt wurde, gingen alle davon aus, dass die Firma nach diesen mysteriösen Vorgängen mit ihm einen in Asien langjährig erfahrenen Mann für den Posten ausgewählt habe. Zu ihrer Überraschung steht dort jedoch ein drahtiger Bursche vor ihnen, gerade etwas über dreißig Jahre alt, der abgesehen von seinem Studium noch nie im Ausland gelebt oder gearbeitet hatte. Er trägt einen teuren Markenanzug und eine wertvolle Uhr. Krawatte und Schuhe dürften auch einen stolzen Preis gehabt haben. Offenbar legt er großen Wert auf solche Äußerlichkeiten und Statussymbole. Mit bellender Stimme eröffnet er ihnen alles Bisherige auf den Prüfstein stellen zu wollen. Nur wenige Stunden im Land, scheint er keinerlei Zweifel daran zu haben, genau zu wissen, was hier getan werden muss. Seine Arroganz und Eitelkeit sind für sie frappierend. Er beschließt seine kurze Rede damit, noch einen Stich gegen den bisherigen Stelleninhaber zu setzen. „Es wird höchste Zeit uns von kolonialen Traditionen zu trennen, in deren Geist mein Vorgänger noch immer gehandelt hat. Wir werden uns an die Spielregeln der globalisierten Welt anpassen, den längst überfälligen Generationswechsel vollziehen."

Verwirrt kehren alle an ihren Arbeitsplatz zurück. Sie hatten bisher nie das Gefühl, dass der Vorgänger koloniale Allüren pflegte. Sie können auch nicht erkennen, wo er sich nicht den Bedingungen der Globalisierung angepasst haben sollte. Vielmehr sahen sie in ihm einen erfahrenen alten Fuchs, der seine Firma gut im Griff hatte. So vermutete man auch die Gründe seines Abtritts eher im häuslichen Bereich. Da er sein Privatleben aber streng von der Firma getrennt hatte, wusste kaum jemand etwas darüber. Nur, dass er nicht verheiratet war, war bekannt.

Natürlich überschlugen sich deshalb die Gerüchte und Spekulationen über seine Motive. Wildeste Sex- und Frauengeschichten machten die Runde und der Fantasie war keine Grenzen gesetzt, um immer neue zu erfinden. Andere wollten gehört haben, dass er mit irgendwelchen Kriminellen in Konflikt geraten sei. Im Gegensatz zu den Liebesgeschichten wurde darüber seltsamerweise aber auffallend wenig geredet. Ganz offensichtlich hatte man Angst davor sich zu diesem Thema zu äußern. Die Mitarbeiter sind untereinander tief gespalten. Verschiedene Interessensgruppen stehen sich misstrauisch oder sogar feindselig gegenüber und daher ist jeder ohnehin sehr vorsichtig mit dem, was er sagt.

Von all dem kann Thomas Müller natürlich noch nichts wissen. Ein Gefühl für die Stimmung in er Belegschaft oder wenigstens einen ersten persönlicher Kontakt zu bekommen, hält er jedoch für überflüssig. Jedenfalls hat er den Vorschlag, mit einem Glas Sekt anzustoßen, rüde abgelehnt. „Die Leute sollen arbeiten, nicht feiern." Sichtbar zufrieden mit sich, eilt er zurück in sein Büro. Diensteifrig folgen ihm sein Vertreter, Herr Zheng, und seine Assistentin, Frau Yini[1] und warten dort ehrfürchtig auf weitere Anweisungen. Beide sind chinesischer Abstammung. Herr Zheng, etwa so alt wie sein neuer Boss, ist genauso eitel darauf bedacht, von allen bewundert zu werden. Stets elegant gekleidet, das neuste Handy, einen schweren Brillanten am Finger; auch er liebt den Luxus. Doch im

---

1 Chinesisch: die Betörende, Trügerische

Gegensatz zu Dr. Müller ist er zu seinem tiefen Leidwesen klein, schmächtig und unattraktiv. Seine Familie gehört zu den alteingesessenen Clans der chinesischen Diaspora, die in allen umliegenden Ländern eng vernetzt sind. Er soll in der Niederlassung der europäischen Firma deren Denk- und Handlungsweisen kennenlernen und in ein paar Jahren das Unternehmen des Vaters in Hongkong übernehmen. Seine Mutter und Schwestern leben, wie viele Familienmitglieder anderer Auslandschinesen, in Vancouver. „Hervorragend! Jetzt wissen alle klar, wo es lang geht. Schluss mit dem Schlendrian ihres Vorgängers." Überschwänglich lobt er die Antrittsworte seines neuen Chefs.

Frau Yini ist erheblich zurückhaltender. Schweigend steht sie neben Zheng. Ihr freundliches Lächeln wirkt maskenhaft und verrät nichts über ihre Gedanken oder Gefühle. Sie stammt aus einer armen Familie, die bei den Pogromen gegen die Chinesen in Indonesien nach Singapur geflüchtet ist. Mit großem Einsatz und glühendem Ehrgeiz hat sie sich hochgearbeitet. Sie ist ebenfalls etwas über dreißig, doch ihre besonders sittsame Kleidung, strenge Frisur und stets ernste Miene, lassen sie erheblich älter erscheinen. Sie ist durchaus hübsch, aber auffallend bemüht, das möglichst zu verbergen. Fast könnte man meinen, sie fürchtet sich davor, Männer anzuziehen und tut alles, um reizlos und unweiblich zu wirken.

Herr Zheng räuspert sich, doch sein Boss reagiert noch immer nicht. So wagt er einen neuen Vorstoß. „Können wir noch etwas für Sie tun, Mr. Thomas?" Über ein Papier auf seinem Schreibtisch gebeugt, scheint der Angesprochene die Anwesenheit der beiden gar nicht mehr wahrzunehmen. Ohne aufzublicken, kommt aber dann doch eine Anweisung. „Übrigens, ich heiße zwar Thomas, aber seit meinem Studium in Harvard nennen mich alle Tom. Ich bitte Sie, das auch zu tun." Erneut schweigend in seine Papiere vertieft, lässt er die beiden warten. Endlich legt er sie beiseite und blickt auf. „Ich glaube, ich benötige Sie heute nicht mehr. Haben Sie noch einen Tipp, wo man hier gut Französisch oder zur Not auch Vietnamesisch Essen gehen kann?" „Gleich gegenüber auf der anderen Flussseite gibt es zumindest ein gutes vietnamesisches Restaurant." „Haben die dort wenigstens eine vernünftige Weinauswahl?" Wieder antwortet Herr Zheng, eifrig bemüht, mit servilem Gehabe seinem neuen Chef zu gefallen. „Das entzieht sich leider meiner Kenntnis. Ich werde jedoch gleich morgen die Weinkarte besorgen lassen. Sie bekommen natürlich auch eine Liste mit allen französischen Restaurants in der Stadt." „Sehr gut. Dann also bis morgen." Erlöst hasten beide aus dem Raum.

Nachdem sie das Büro verlassen haben, steht Tom gedankenversunken an der großen Glasscheibe seines luxuriösen Büros. Der Blick aus dem 34. Stock ist atemberaubend. Hinter der futuristisch anmutenden Skyline um die Bucht vor der Mündung des Singapur Rivers kann er weit hinaus auf das Meer sehen. Unzählige Frachtschiffe liegen dort auf der Reede vor Anker, den Bug einheitlich in den Wind gedreht. Immer wieder reflektieren ihre Aufbauten die noch kräftig strahlende Sonne des Spätnachmittags. Das Ziel ihrer Reise schon vor Augen warten die meisten von ihnen darauf, endlich in Singapur einlaufen zu dürfen.

Tom ist hingegen bereits an seinem Ziel angekommen. Er hat es geschafft! Ab heute hat man ihm die Leitung der wichtigen Niederlassung des Handelshauses Carl Gustav Koch & Söhne in Singapur und der Aktivitäten des Unternehmens in den Nachbarländern übertragen. Obwohl sein Studium erst wenige Jahre zurückliegt, hat er es damit zweifellos zu einem beachtlichen Aufstieg in der Hierarchie seines Unternehmens gebracht. Stolz und Selbstzufrieden betrachtet er das einmalige Panorama das ihm dort zu Füssen liegt. Das Angebot, hier die Geschäftsführung zu übernehmen empfand er jedoch keinesfalls überraschend, sondern eher selbstverständlich. Seit Beginn seines Studiums in Harvard hatte man ihm immer wieder suggeriert mit der Ausbildung auf dieser Eliteschmiede zu einer Führungsposition verdammt zu sein. Tatsächlich fand er schnell einen Job bei dem mittelständischen, auf elektronische Bauteile und Geräte spezialisierten, traditionellen Hamburger Handelshaus. Wie die Schiffe dort draußen auf der Reede hatte aber auch er darauf warten müssen, dass eine Pier frei wird, um in den nächsten Hafen seiner Karriere einlaufen zu können. Offenbar war es ihm jedoch gelungen, seine Vorgesetzten mit seiner Ausbildung, seiner dynamischen Art und ungeheuren Selbstsicherheit so zu beeindrucken, dass man ihm schon nach kurzer Zeit und ohne jede Auslandserfahrung diesen verantwortungsvollen Posten hier anbot. Selbst überzeugt davon, dass die Firma mit ihm nun einmal über eine hervorragende Spitzenkraft verfügt, tat man seiner Meinung nach allerdings gut daran, ihn entsprechend angemessen einzusetzen. So würde er sich auch sehr wundern, wenn man ihm nicht bald den nächsten Karriereschritt in Aussicht stellt, um ihn nicht an ein anderes Unternehmen oder gar einen Wettbewerber zu verlieren. Doch nun regiert er erst einmal in Singapur, und sein Imperium erstreckt sich auf große Teile Südostasiens.

Vom Meer her ziehen rasch dunkle Wolken auf und verdrängen blauen Himmel und Sonnenschein. Er kann deutlich erkennen, wie heftige Regenschauer über den ersten Schiffen auf der Reede niedergehen und sie hinter dichten Wasserschleiern verbergen. Es wird nur noch Minuten dauern, bis der gewaltige tropische Platzregen auch die Stadt erreichen und die feuchte Hitze dort draußen noch unerträglicher wird. Mit dem plötzlichen Umschlag des Wetters schwindet auch seine euphorische Stimmung. Seine Gedanken wandern zu seinem Vorgänger. Was mag mit ihm geschehen sein? Wilhelm Kraft war viele Jahre lang für unterschiedliche Firmen in Asien tätig und kannte sich dort überall bestens aus. Vor allem hatte er lange Zeit in China verbracht und verkörpert das klassische Bild von den „Old China Hands."[2] Er war überall beliebt und erfolgreich. Diese angenehme Situation sollte sich allerdings ändern, als eine chinesische Investorengruppe einen großen Anteil von Carl Gustav Koch & Söhne in Hamburg vor einigen Monaten übernahm. Bei

---

2 Begriff aus der Vergangenheit für langjährig im Chinageschäft erfahrene Ausländer

der Übernahme der Unternehmensanteile des Mutterhauses hatten die neuen Partner darauf bestanden, einen eigenen Mann in der Geschäftsführung der Zentrale zu platzieren. Auf ihr nachhaltiges Drängen wurde ein ihnen ergebener chinesischer Geschäftsmann mit der Aufgabe betraut und die Verantwortung für das Asiengeschäft in der Unternehmensleitung übertragen. Das erschien nicht nur sinnvoll, sondern damit schuldeten die fernöstlichen Partner der deutschen Seite einen Gefallen. Wilhelm musste also fortan an einen chinesischen Boss in der deutschen Firmenzentrale berichten und bekam auch von ihm die Weisungen, was er zu tun und zu lassen hatte. Er machte keinen Hehl daraus, dass er mit dieser Situation erhebliche Probleme hatte. Kurze Zeit später war er bei Nacht und Nebel verschwunden.

Tom fragte sich, ob Wilhelm tatsächlich schon so unbeweglich gewesen sein sollte, um mit den Neuerungen durch die Beteiligung der chinesischen Investoren nicht mehr zurechtzukommen. Möglicherweise hatte er aber ohnehin Schwierigkeiten, mit den rasanten technologischen Entwicklungen mithalten zu können, und war schon zu erschöpft, sich zusätzlich auch noch auf solche organisatorischen Veränderungen einzustellen. Doch selbst wenn ihm die Zusammenarbeit noch so schwergefallen war, musste er verrückt gewesen sein, in seinem Alter und wenige Jahre vor dem Ruhestand nicht nur auf den Job, sondern auch auf zahlreiche Versorgungsansprüche zu verzichten. Oder gab es vielleicht noch einen anderen, geheimnisvollen Grund dafür? Hatte er gar etwas zu verbergen? Tom meint auf einmal zu spüren, wie die Schwüle auch in sein klimatisiertes Büro dringt und sich bleiern auf seine Seele legt. Wo mag er stecken? Ein Blitz zuckt in den schwarzen Wolken über den Schiffen. Vielleicht ist er sogar tot. Auch wenn Tom es sich nicht eingestehen will beunruhigt ihn das Schicksal seines Vorgängers weit mehr als er dachte. Dennoch hat er bislang nichts unternommen, um etwas über die Gründe und Umstände des Ausscheidens seines Vorgängers herauszufinden. Abgesehen davon, dass er keine Ahnung hat wie er das tun sollte, hält er es in seinem unerschütterlichen Glauben an die eigenen Fähigkeiten letztlich auch für unnötig. Sollte es tatsächlich irgendein Problem geben das die Firma betrifft, würde er es sicher auch ohne zu wissen was mit Wilhelm geschehen ist lösen können. So unternimmt er weiterhin nichts.

Der Regenguss zieht vorbei. Letzte Sonnenstrahlen dringen noch einmal kurz durch die Wolken, bevor sie endgültig der Abenddämmerung weichen. Was immer mit Wilhelm geschehen ist, Tom nimmt seinen Weggang als eine göttliche Fügung. Für ihn besteht kein Zweifel, dass er anders als sein Vorgänger alle anstehenden Aufgaben rasch und erfolgreich lösen wird. Flexibel, anpassungsfähig und für jede neue Idee zu begeistern, ist er bestimmt der Richtige, um die Firma in eine brillante Zukunft zu führen. Für ihn und seine Generation spielt es auch keine Rolle mehr, welcher Nationalität das Unternehmen, seine Eigentümer oder Manager sind. Erfahrung hält er für überflüssig. Möglicherweise kann sie sogar hinderlich sein und Innovationen entgegenstehen. Seine Firma hätte keine bessere Wahl treffen können, als ihn mit der

Position zu betrauen. Woher er seinen ungeheuren Optimismus und das grenzenlose Selbstbewusstsein nimmt, bleibt sein Geheimnis.

Am nächsten Tag ist er schon früh im Büro und liest seine Mails. Es klopft. Frau Yini betritt den Raum und verbeugt sich höflich. „Guten Morgen. Wünschen Sie einen Kaffee?" Er sieht nicht auf. „Ja bitte." „Und Herr Zheng wäre jetzt da und würde Sie gerne sprechen. Soll er hereinkommen?" Keine Antwort. Sie wartet geduldig. „Worauf warten Sie noch? Was ist mit dem Kaffee?" Noch immer blickt er sie nicht an. „Ach so, Zheng... Ja, er soll schon mal hereinkommen." Herr Zheng arbeitet schon viele Jahre in dem Unternehmen und hält alle Fäden in der Hand. Er kennt sich nicht nur hier und in den von hier betreuten Nachbarländern gut aus, sondern hat sich selbst in der Unternehmenszentrale in Deutschland ein beachtliches Netzwerk geschaffen. Auch ihn lässt Tom erst einmal eine Weile stehen, ohne ihn zu beachten. Zunehmend irritiert und verärgert wartet Zheng darauf, endlich wahrgenommen zu werden. Was bildet sich dieser junge Neuling eigentlich ein, wer oder was er ist? Wie kann er ihn, seinen Vertreter, nun schon zum wiederholten Male derart herabwürdigen? Zheng überlegt, was er tun kann, um seiner Würde und Bedeutung Geltung zu verschaffen. Soll er die Aufmerksamkeit anmahnen oder den Raum mit einer angemessenen Bemerkung verlassen? Das ist nicht genug. Er muss ihm noch deutlicher zeigen, dass man so nicht mit ihm umgehen kann. Seine Wut wächst. Er wird ihm beibringen, ihn zu respektieren! Er richtet sich auf und holt gerade Atem, um sich zu beschweren, da hebt Tom den Kopf und mustert ihn schweigend. Wie ein Luftballon, aus dem die Luft entweicht, sinkt Zheng in sich zusammen. Unter den strengen, prüfenden Blicken hat ihn offenbar sein Mut verlassen. Vielleicht hält er es aber auch für klüger, doch lieber den konfuzianischen Lehren zu folgen und sich seiner hierarchischen Position zu besinnen. Jedenfalls verbirgt er seinen Zorn und begrüßt Tom wieder mit der gleichen überschwänglichen und devoten Freundlichkeit, wie am Vortag. „Die ganze Mannschaft war sehr gespannt darauf, Sie kennenzulernen. Wir haben uns alle schon lange auf Sie gefreut, denn es war sicher an der Zeit, dass ein Jüngerer neuen Elan in das Unternehmen bringt," Tom nimmt das alles zufrieden zur Kenntnis. Er kommt nicht auf den Gedanken, dass die offensichtliche Lobhudelei und Begeisterung seines Vertreters nur dazu dienen, die Sympathien seines Chefs zu erobern, um sich seine eigene Position abzusichern. Unbeirrt fährt Zheng fort: „Wir haben viel Positives über Sie gehört. Ich darf Ihnen versichern, dass auch ich persönlich nicht unglücklich bin, dass Sie ihren Vorgänger ablösen." Tom hebt nun den Kopf und sieht ihn prüfend an. „War er denn so schlecht?"

Zheng spürt, dass er möglicherweise zu weit gegangen sein könnte und bemüht sich, seine Aussage schleunigst wieder zu relativieren. „Nein eigentlich nicht, aber wie alle älteren Leute war er vielleicht etwas stur und rechthaberisch. Besonders in letzter Zeit kam es zwischen uns deshalb schon mal zu Meinungsunterschieden. Doch wo gibt es das nicht? Jedenfalls wünsche ich Ihnen einen erfolgreichen Start. Auf mich können Sie jederzeit zählen."

Schnell wechselt er dann das Thema. Diensteifrig berichtet er ihm, welche aktuellen Probleme zur Entscheidung anstehen, und worum sich Tom vorrangig kümmern muss. Dabei lotet Zheng eifrig aus, wie weit sich sein neuer Vorgesetzter beeindrucken oder gar manipulieren lässt. Befriedigt stellt er fest, dass Tom die Informationen die er ihm gibt bislang offensichtlich weder anzweifelt, noch daran denkt, sie zu überprüfen.

Bevor er Toms Büro verlässt, dreht er sich noch einmal um. „Übrigens ist Frau Yini nicht Ihre eigentliche Assistentin. Die ist schon eine ganze Weile krank. So hat Frau Yini deren Aufgaben zunächst übernehmen müssen und sich dabei sehr bewährt. Ich würde deshalb vorschlagen, ihr die Stelle endgültig zu übertragen." Er bemüht sich, den Hinweis so beiläufig wie möglich klingen zu lassen, um vor Tom zu verbergen, wie wichtig ihm das ist. Listig fügt er noch hinzu: „Damit würden Sie zweifellos auch ein Zeichen an die Belegschaft senden, dass Sie es mit den angekündigten Veränderungen ernst meinen." „Und die bisherige Assistentin?" „Die können wir problemlos woanders einsetzen. Es gibt genügend andere Aufgaben, für die sie geeignet ist". Als sei das Thema für ihn damit erledigt, eilt Zheng davon. Mit Erfolg. Tom erkennt tatsächlich nicht, dass diese Entscheidung Zheng in Wirklichkeit ganz besonders am Herzen liegt. Wäre ihm das aufgefallen, hätte ihn das sicherlich misstrauisch gemacht. So erscheint ihm der Vorschlag sehr einleuchtend und er folgt ihm spontan. Dabei kommt ihm nicht einmal der Gedanke, sich die bisherige Stelleninhaberin vorher wenigstens einmal anzuhören. Die Meinungen von anderen

Mitarbeitern dazu einzuholen, hält er ebenfalls für überflüssig. Zheng, erfreut darüber, dass sein Plan funktioniert
hat, weiß nun, wie groß sein Einfluss auf Tom sein kann.
Anders als unter dessen Vorgänger, kann er seine Position in dem Unternehmen sicher erheblich ausbauen und
festigen. Er muss es nur geschickt angehen und darf keinen Fehler machen.

Bereits in den ersten Arbeitstagen trifft Tom eine Reihe
weiterer wichtiger Entscheidungen, ohne die Rahmenbedingungen ausreichend zu kennen, noch sich sorgfältig
über die Vorgänge zu informieren. Statt sich in die anstehenden Themen intensiv einzuarbeiten und mit den zuständigen Leuten Kontakt aufzunehmen, um Einzelheiten
zu besprechen, begnügt er sich meist mit einer kurzen,
oberflächlichen Betrachtung. Da sein Vertreter auf Tom
einen zuverlässigen und kompetenten Eindruck macht
und von Frau Yini stets bestärkt wird, folgt er den meisten
von dessen Vorschlägen ohne weiter darüber nachzu-
denken.

Zwei, drei Wochen mögen vergangen sein als die eigentliche Assistentin der Geschäftsführung in die Firma zurückkehrt. Enttäuscht nimmt sie Toms Entscheidung entgegen. Dabei ist ihr rätselhaft, wie ihm nicht aufgefallen
sein kann, in welcher engen und dubiosen Abhängigkeit
Frau Yini zu Herrn Zheng steht. Verschüchtert und vorsichtig hat sie zwar darauf verwiesen, dass Yini weder von
der Ausbildung und Erfahrung noch von der Persönlich-
keit her die notwendigen Voraussetzungen für die Position erfülle. Tom hat ihre Einwände jedoch nicht beachtet.
Die Höflichkeit verbietet es ihr, deutlicher zu werden. Sie

hat ihre Pflicht getan und ihn gewarnt. Soll er jetzt selber sehen, wie er zurechtkommt.

Doch der ahnt nichts davon, dass es in seinem Unternehmen kocht und brodelt, und er bereits zum Spielball von fremden Interessen geworden ist. Geblendet von Eitelkeit verharrt er in unübertrefflicher Ignoranz. Zufrieden mit sich und der Welt blickt er aus seinem Büro auf das endlose Lichtermeer der fernöstlichen Metropole und sinniert darüber, wie viele Rätsel und Geheimnisse dort verborgen sein mögen. Auf die Idee, dass vieles von dem, was in seiner Firma geschieht, ihm nicht weniger fremd oder verborgen sein könnte, kommt er dabei nicht.

Sorglos und überzeugt davon, alles fest im Griff zu haben, widmet er sich zunehmend dem Golfspiel oder seinem teuren Yachtclub, in dem er die Abende gemeinsam mit Altersgenossen aus US-Firmen feuchtfröhlich verbringt. Als Angehöriger der Kaste erfolgreicher, global eingesetzter und gut bezahlter Jungmanager, gehört er zu den Privilegierten unserer Zeit, die gerne unter sich bleiben oder allenfalls mit der lokalen Oberschicht ihres Gastlandes verkehren. Mit dem kleinen Mann auf der Straße haben sie nur zu tun, wenn sie seine Dienste benötigen. Gerne sitzt Tom auch in einer der Bars am Fluss und befasst sich intensiv mit den Damen dort. Blond, blauäugig, Junggeselle und wohlhabend, ist er ein besonders begehrtes Zielobjekt für viele junge asiatische Frauen. Zweifellos muss er auf nichts verzichten und genießt sein luxuriöses Leben in vollen Zügen.

Besuche

Schließlich wird es höchste Zeit, einmal die Nachbarländer, für die er zuständig ist, zu besuchen. Selbstverständlich reist Tom First-Class und steigt nur in den teuersten Häusern ab. Sein erstes Ziel ist Bangkok. Dort wird Carl Gustav Koch & Söhne von Joachim Leugner vertreten. Als selbstständiger, erfolgreicher Geschäftsmann, der noch weitere Firmen aus Europa in Thailand repräsentiert, hat Joachim es ganz offensichtlich zu beachtlichem Reichtum gebracht. Er lässt es sich nicht nehmen, den neuen Regionalchef persönlich zu empfangen und zu betreuen. In seiner luxuriösen Limousine mit Chauffeur holt er Tom am Flughafen ab. Charmant und beredt bringt er ihn zum altehrwürdigen Oriental Hotel. Auf der Terrasse des historischen Gebäudes am Fluss wartet er darauf, dass Tom eingecheckt und sich frisch gemacht hat. Ein eifriger Kellner eilt zu ihm „Hello Mr. Joachim." Der Name ist für den Kellner kaum aussprechbar. „Good to see you again. Gin Tonic, as usual I suppose?" „Of course my friend!" Genüsslich zieht er an einer Zigarre.

Joachim ist nicht mehr der Jüngste. Mit seinem mächtigen Schnurrbart und seiner eleganten, aber altmodischen, weißen Kleidung erinnert er an einen britischen Kolonialbeamten. Nur der Tropenhelm fehlt. Am Spätnachmittag pflegen sich hier zwischen Palmen und flammenden Bougainvilleas zahllose Ausländer traditionell zum Sundowner einzufinden. Geschäftsleute, Touristen, Residentes. Einige sind in intensive Gespräche vertieft, andere beobachten das rege Treiben auf dem Fluss. Überfüllte Fähren und Barkassen fahren geschäftig flussaufwärts oder flussabwärts. Schlepper ziehen gleich mehrere Schuten[3] mühsam hinter sich her. Zahllose kleine Boote aus den Seitenarmen und Kanälen, kreuzen eilig die Fahrrinne. Immer wieder muss Joachim sich erheben, um einen vorbeikommenden Bekannten zu begrüßen. Er verfügt über ein ausgezeichnetes Netzwerk von beachtlicher Größe und ist im Lande bestens positioniert. Bemüht, Tom von seinem Unternehmen und dessen Aktivitäten zu beeindrucken, berichtet er von zahllosen Erfolgen. Dabei kann er Stolz und Eitelkeit natürlich nicht verbergen. Jede Rückfrage von Tom animiert ihn zu immer neuen Geschichten von seinen geschickten Schachzügen und der klugen Weitsicht, mit der er sich trotz aller Widrigkeiten der fremden Welt hier ein bewundernswertes Imperium geschaffen hat. Schließlich zieht er etwas umständlich, aber mit stilvoller Geste seine goldene Taschenuhr heraus. „Jetzt haben wir uns hier schon viel zu lange festgeredet. Wie unhöflich von mir. Sie haben sicher Hunger."

Um das von sich gezeichnete Bild des eleganten Weltmannes zu vervollständigen, hat er für das Abendessen eines der exklusivsten Restaurants der Stadt ausgesucht. Als perfekter Gastgeber erklärt er Tom, um was es sich bei den exotischen Gerichten handelt, wie man sie zubereitet und für welche Gegend sie typisch sind. Selbstverständlich weiß er auch sonst viel über das Land und seine Menschen zu berichten. Sehr schnell spürt er, dass sein

---

3 Antriebsloser Lastkahn

Auftritt nicht ohne Wirkung auf Tom bleibt. In bester Laune erhebt er sein Glas. „Auf eine gute Zusammenarbeit!"

Neugierig betrachtet er sich den neuen Regionalleiter nun etwas näher. „In welchen Ländern Asiens haben Sie denn bisher die meisten Erfahrungen sammeln können? Wo haben Sie schon gelebt?" „Noch in keinem. Ich bin bislang nur auf kurzen Geschäftsreisen in Hongkong und Tokyo gewesen." „Ach so." Joachims Überraschung ist nicht nur aus dem abwertenden Ton seiner Bemerkung herauszuhören, sondern ihm auch deutlich im Gesicht anzusehen. Ungläubig fragt er noch einmal nach: „Sie haben also noch nie hier in Asien gearbeitet und gelebt?" „Nein." „Und in anderen Ländern?" „Ich war bislang nur in Deutschland. Und in Harvard natürlich." „Dann ist die Übernahme der Vertretung in Singapur ja eine gewaltige Herausforderung für Sie." Tom meint nicht nur Ironie, sondern auch Spott herauszuhören. Sein Autoritätsverlust ist unübersehbar. Wütend schlägt er nach einer der vielen Mücken, die sie umschwärmen. Von Joachims Reaktion provoziert, verspürt er das übermächtige Bedürfnis, auch dem älteren Kollegen gegenüber belehrend zu werden. „Die Zeiten haben sich verändert. Mit wachsender Globalisierung kommt es heute sicher nicht mehr auf die Landeserfahrung, sondern auf gute Fachkenntnisse an. Meinen Sie nicht auch?" Nun ist es Joachim, der gereizt antwortet. „Da kann man sehr unterschiedlicher Meinung sein." Eigentlich hätte er einiges dazu zu sagen, doch auf harmonische Zusammenarbeit bedacht, enthält er sich lieber weiterer Kommentare.

„Lassen Sie uns den Blick in die Zukunft richten. Was sind denn Ihre Pläne?" Konkretes hat Tom noch nicht zu bieten, und so rettet er sich in Allgemeinplätze und Kritik an seinem Vorgänger. „Es ist höchste Zeit, einiges zu ändern. Wilhelm hat vieles laufen lassen und sich offenbar nicht mehr ganz an die heutigen Zeiten gewöhnen können. Auch mit unserem neuen chinesischen Chef in der Zentrale kam er wohl nicht klar." Bei der Erwähnung von Wilhelm hat sich Joachims Miene deutlich verfinstert. Er macht kein Geheimnis daraus, dass er mit ihm nicht besonders gut zurechtkam. „Was hat Sie denn an ihm gestört? Von den Zahlen her war die Zusammenarbeit doch ganz erfolgreich." „Eben! Sehen Sie, gerade deshalb konnte ich nicht verstehen, warum er sich in jedes Detail einmischen wollte. Wenn alles gut läuft, lautet mein Motto: Leben und leben lassen! Oder sehen Sie das anders?" Gespannt wartet Joachim auf die Antwort und forscht in Toms Gesicht nach Anzeichen, die ihm dessen wirkliche Meinung verraten könnten. „Ich denke da wohl eher so wie Sie." Sie wechseln das Thema. Im Laufe des Abends kommt Joachim sehr schnell zu dem Schluss, dass er mit Tom zwar einen sehr selbstbewusst und forsch auftretenden, aber naiven und gänzlich unerfahrenen Partner bekommen hat, den er leicht steuern kann. Dabei fragt er sich immer wieder, wie die Firma eine solche Personalentscheidung treffen konnte. Doch ihm kann das nur recht sein.

„Dahinten, der Mann mit dem schwarzen T-Shirt und der goldenen Kette ist übrigens ein wichtiger Kunde. Er schuldet uns noch eine ganze Menge Geld." „Dann sollten wir doch die Gelegenheit nutzen und ihn gleich anmahnen." Nur mit Mühe kann ihn Joachim zurückhalten. „Damit würden wir nicht viel erreichen, außer dass er bei seinem Gesprächspartner am Tisch das Gesicht verliert. Lassen Sie uns ihn lieber freundlich begrüßen." Joachim geht lächelnd auf ihn zu und stellt ihm Tom vor. Der würdigt ihn jedoch nur mit einem eiskalten Blick, entschuldigt sich und macht sich auf die Suche nach den Toiletten in der Hotelhalle. Verblüfft weist der Kunde mit einer Kopfbewegung in die Richtung, in die Tom verschwunden ist. „Was ist das denn für einer?" Joachim zuckt mit den Schultern. „Typisch deutsch." „Ja, bestimmt nicht einfach, der Mann. Ich beneide dich nicht darum, mit ihm arbeiten zu müssen. Übrigens schulde ich dir noch Geld. Gib mir aber bitte noch zwei Wochen Zeit, ok?" Mit hochgezogenen Augenbrauen blickt Joachim forschend in sein Gesicht. „Kann ich mich darauf verlassen, dass es nicht mehr werden?" „Kannst du!" Als Joachim in die Hotelhalle kommt, sieht sich Tom dort schon suchend nach ihm um. „Ich kann kaum verstehen, dass Sie zu so einem Mann so freundlich sein konnten." „Mein junger Freund, hier läuft manches anders als in Deutschland." Gelassen fügt er noch hinzu: "Sie werden sehen, in zwei Wochen wird er zahlen."

„Haben Sie einen Tipp, wo man jetzt noch hingehen kann?" Mit verschwörerischer Miene setzt Tom noch hinzu: „Sie wissen schon, was ich meine..." Natürlich weiß Joachim, was er meint. Er hat die nach einem Geschäftsessen am Abend übliche Frage nach Thailands berühmtem Nachtleben schon erwartet, und hätte sich gewundert, wenn Tom sie nicht gestellt hätte. Joachims Fahrer bringt sie zu einem Büroturm ganz in der Nähe des Hotels. Tom hat nicht bemerkt, dass der Chauffeur gar keine Anweisung dazu bekommen hat, wohin er sie fahren sollte. Ein kurzes, routiniertes Nicken von Joachim hat ihm genügt, um loszufahren. Mit dem Fahrstuhl geht es in eine Roof Top-Bar, einem beliebten Nightspot. Hoch über dem Lichtermeer der Stadt treffen sich hier bei erlösender leichter Nachtbrise Geschäftsreisende, Manager, Bänker und Thailands *Jeunesse dorée*, der verwöhnte Nachwuchs der Reichen und Mächtigen im Lande. Die Stimmung ist ausgelassen. Joachim gehört sicherlich zu den wenigen älteren Gästen, doch Tom findet hier genau seine Alters- und Berufsgruppe. Sie haben sich im Gedränge um die Bar gerade einen Drink erkämpft, als zwei besonders aufreizend gekleidete, bildhübsche, junge Asiatinnen den Dachgarten betreten und alle Aufmerksamkeit auf sich ziehen. Auch Tom mustert sie fasziniert. „Es gibt schon tolle Frauen hier!" Die beiden Frauen sehen sich suchend um. Zu Toms maßloser Überraschung kommen Sie dann direkt auf Joachim zu und begrüßen ihn, als kennen sie ihn schon seit Jahren. „Zwei gute Freundinnen von mir," stellt er sie Tom vor. „Haben Sie etwas dagegen, wenn wir mit ihnen etwas zusammen trinken?" „Wie könnte ich das ablehnen? Natürlich nicht!" Er kann es kaum fassen. „Ein wirklich toller Zufall!" Unter den neidischen Blicken vieler der umstehenden Männer gewinnt Tom rasch die Sympathien der beiden Frauen. Ausgelassen trinken, scherzen und lachen sie zusammen. Als sie beginnen Zärtlichkeiten auszutauschen, drängt Joachim zum Aufbruch. Überzeugt von seiner unwiderstehlichen Wirkung auf Frauen, verbringt Tom auch den Rest der Nacht nicht mehr alleine.

Müde und erschöpft erscheint er am nächsten Tag in Joachims Büro. Es ist elegant eingerichtet. Thailändische Holzschnitzereien verleihen ihm zudem etwas Exotisches. Tom nimmt das jedoch kaum wahr. Auch einer Unternehmenspräsentation folgt er nur sehr oberflächlich und unaufmerksam. Angestrengt ist er darum bemüht, dass ihm die Augen nicht zufallen. Er hinterfragt kaum eine Zahl, zweifelt nichts von dem an, das ihm vorgetragen wird.

Von seinen Erlebnissen und Joachims Auftritt tief beeindruckt, kehrt er zufrieden nach Singapur zurück. Er ist überzeugt davon, in Bangkok bestens vertreten zu sein. Joachim ist mit diesem Ergebnis nicht weniger zufrieden. Die Investition hatte sich gelohnt. Nicht nur die Zahlen, sondern auch die Geschichte von der zufälligen Begegnung mit seinen Freundinnen hatte Tom ihm ohne jedes Misstrauen abgenommen. Überzeugt von seiner Wirkung auf Frauen hatte er selbst im Nachhinein keinerlei Verdacht geschöpft, dass Joachim der Dirigent des Ablaufs gewesen sein könnte. Als Joachim am nächsten Morgen die Rechnung der Damenbegleitung beglichen hatte, dachte er wieder an Toms Belehrungen und musste schmunzeln. Gute Fachkenntnisse mögen sicher hilfreich sein, aber ohne Erfahrungen im Umgang mit Menschen und Landesgegebenheiten würde man in seinem Business hier nicht überleben.

Ganz anders als in Bangkok verläuft Toms Antrittsbesuch einige Wochen später in Jakarta. Dort unterhält sein Unternehmen eine eigene kleine Gesellschaft. Deren Sitz befindet sich in einem tristen und heruntergekommenen Stadtteil. Wie seine Umgebung hatte auch das Büro einmal bessere Zeiten erlebt. Als Toms Firma es vor vielen Jahren erworben hatte, war das nicht weit vom Hafen entfernte Gebäude trotz seines Alters sicher keine unattraktive Investition. Doch heute liegt es weit abseits von den neuen Zentren der Stadt. Zudem hat das feuchte Tropenklima an dem noch zu niederländischen Kolonialzeiten errichteten Kontor überall deutliche Spuren hinterlassen. Die einst weißen Mauern sind fast schwarz, die charakteristischen, hohen Fensterläden meist verrottet. Eine schmale hölzerne Veranda zur Straße hin ist nicht mehr betretbar. Die kunstvoll geschmiedeten Eisenträger, auf denen ihr Boden ruht sind zum Teil weggerostet. Ihr Dach ist zusammengefallen. Um das Büro zu finden, muss Tom mühsam über eine steile, düstere Treppe zwei Stockwerke hinaufsteigen. Einen Fahrstuhl gibt es nicht. Die Wände sind schimmlig, die Räume dumpf und stickig. Es ist drückend heiß. Keuchend und schweißüberströmt steht er endlich im Büro. Der Luftzug der wenigen uralten Ventilatoren an der Decke über einigen Schreibtischen ist kaum zu spüren. Tom ist entsetzt. So schlimm hat er es nicht erwartet. Er hat sich vor Abreise noch einmal die Zahlen der Gesellschaft angesehen und ihm ist klar, dass die Finanzierung einer Sanierung des Büros oder gar eines Umzugs in ein modernes Gebäude aus ihren eigenen Erträgen unmöglich ist.

Der Geschäftsführer der Gesellschaft, Johan Pieter, ist der Sohn eines holländischen Kaufmannes und einer einheimischen Frau aus Sumatra. Anders als alle anderen Gesprächspartner bisher versucht er nicht, den neuen Chef zu beeindrucken oder zu umschmeicheln. In seinem Lagebericht macht Johan Pieter auch keine Anstalten, die kritische Lage des Unternehmens in Indonesien zu beschönigen. Nachdem Tom seine Berichte gehört hat, fragt er sich, warum überhaupt noch immer so viele Leute hier arbeiten. Auf Druck der neuen chinesischen Miteigentümer wurden erst vor Kurzem sogar noch weitere Leute eingestellt. Überrascht erfährt er, dass einige allerdings nach direkten Weisungen eines, den Miteigentümern nahestehenden, Unternehmens in Manila arbeiten und auch von dort bezahlt werden. Natürlich bemüht er sich herauszufinden, was sich hinter dieser eigenartigen Konstruktion verbirgt. Johan Pieter, hat angeblich keine Ahnung, was sie tun. „Wie können Sie nicht wissen, was Ihre Angestellten tun?" „Unser neuer Chef in der Zentrale hat Ihren Vorgänger und mich ausdrücklich angewiesen, uns nicht darum zu kümmern. Zur Begründung hat er nur angedeutet, dass man versuchen möchte, mit neuen Partnern innovative Geschäftsfelder zu erschließen."

Tom lässt die neuen Mitarbeiter kommen, um sie selbst danach zu fragen, was sie eigentlich tun. Es sind alles Chinesen. Trotz aller Bemühungen bekommt er von ihnen kaum eine Antwort. Die meisten beachten ihn so gut wie gar nicht und vermitteln ihm den Eindruck, als wollen sie mit der Firma, bei der sie formal angestellt sind, nichts zu tun haben. Gespannt hat Johan Pieter die Gespräche verfolgt und beruhigt zur Kenntnis genommen, dass es Tom auch nicht gelungen ist, mehr herauszufinden als ihm selbst. Nachdenklich kommt Tom wieder auf ihn zu. „Was für mysteriöse Geschäftsfelder sollen das denn sein?" „Ich sagte Ihnen doch schon: Ich habe keine Ahnung." Tom gibt nicht auf. Eifrig verschafft er sich einen Überblick der wichtigsten Kunden, lässt sich Marktdaten erläutern und studiert, wenn auch oberflächlich, die ihm vorgelegten Statistiken. Auch nach allen diesen Informationen kann er beim besten Willen nicht erkennen, wo es hier ein Zukunftspotenzial für nennenswerte neue Geschäftsansätze geben könnte. Das gilt umso mehr da viele der besonders interessanten Produkte seines Unternehmens in Deutschland Exportrestriktionen unterliegen und nicht nach Indonesien und die meisten Nachbarländer geliefert werden dürfen. So nimmt er sich vor das Thema mit seinem Chef aufzunehmen, sobald sich dazu eine Gelegenheit bietet.

Wie in Bangkok sitzt Tom auch in Jakarta am Abend mit seinem Mann vor Ort zusammen. Doch diesmal muss er sich mit einer schäbigen Cafeteria nicht weit entfernt vom Büro zufriedengeben. Plastiksessel in grellem Neonlicht, dröhnende Musik, eisige Klimaanlage. Dorthin geht es auf dem Beifahrersitz von Johan Pieters Moped, was zumindest den Vorteil bietet, nicht wie alle anderen stundenlang im Stau stehen zu müssen. Bei einer ortsüblichen „Reistafel" kommt Tom schnell zur Sache. „Offenbar muss an unserem Auftritt hier alles verändert werden. Wir sollten schleunigst überlegen, wie wir das angehen und was dafür zu tun ist." Herausfordernd sieht er Johan Pieter an, doch der wird von Toms fast euphorischem Handlungsdrang nicht angesteckt. Stattdessen reagiert er mit dem Fatalismus eines Europäers, der schon zu lange in den Tropen lebt. Achselzuckend greift er nach seinem Drink. „Wenn Sie meinen ...“

„Mein Vorgänger hat sich offenbar nicht viel um die Gesellschaft gekümmert, oder...?“ Wieder wartet Tom gespannt auf seine Antwort. Wieder kommt jedoch zunächst nur ein trockenes „Wenn Sie meinen.“ Zu seinem großen Erstaunen bekommt Tom diesmal aber eine weitere Antwort, die er so nicht erwartet hatte. „Ich für meinen Teil glaube allerdings, dass Ihr Vorgänger mit viel Erfahrung und Geschick die Dinge geführt hat. Doch wo nichts zu holen ist, ist nichts zu holen.“ Überrascht schaut Tom ihn an. „Warum ist er Ihrer Meinung nach verschwunden?“ Johan Pieter zögert einen Moment, bevor er bedächtig antwortet. „Der Wechsel in der Geschäftsführung der Zentrale ist für ihn sicherlich nicht einfach gewesen.“ „Ist das ein ausreichender Grund, so viel aufzugeben?“ „Manchmal schon.“ Tom versucht noch mehr zu erfahren. Vergeblich. Johan Pieter ist kein Freund vieler Worte und bleibt auch sonst den ganzen Abend über sehr einsilbig. So ist Tom heilfroh, als sie endlich aufbrechen.

Überzeugt, in seinem Mann hier vor Ort keinen Verbündeten, sondern eher einen resistenten Gegner zu haben, beschließt er, seine Enttäuschung mit einem Drink in der Hotelbar herunter zu spülen. Die Bar schließt in Kürze und er ist gerade rechtzeitig erschienen, um noch etwas zu trinken zu ergattern. Über sein Glas gebeugt, beobachtet er zwei aufreizend gekleidete, nicht mehr ganz junge

Damen, die sich redlich abmühen, ihre letzte Chance zu nutzen, um noch einen der wenigen am Tresen stehenden männlichen Gäste dazu zu überreden, sie mit auf das Zimmer zu nehmen. Tröstlich zu wissen, dass auch andere hart um ihr Geschäft kämpfen müssen.

Am nächsten Tag begleitet er Johan Pieter nach Sunda Kelapa, dem alten Hafen der traditionellen Lastensegler. Wie vor hundert Jahren bringen von hier noch immer zahllose betagte *Pinisi*[4] Güter in die entferntesten Winkel des gewaltigen Inselreichs. Dicht an dicht drängen sich dort die altertümlichen indonesischen Segelschiffe an der Pier. Überall wird geschäftig gearbeitet. Waren werden be- oder entladen, die hölzernen Rümpfe ausgebessert, Schäden repariert, Farbanstriche erneuert. Auch wenn die meisten ihre Segel weitgehend durch Motoren ersetzt haben, stehen oft noch die Masten mit ihrer Takelung und vermitteln den Eindruck, als sei hier die Zeit stehen geblieben. Doch Tom hat weder Interesse an Geschichte noch Sinn für Romantik. Mit seinen Gedanken unverändert bei den Problemen der Tochtergesellschaft, hat er allenfalls einen verächtlichen Blick für das chaotische Durcheinander und den Schmutz um sich herum übrig.

Zielstrebig führt Johan Pieter ihn zu dem Schiff, dass er besuchen muss. Ganz offensichtlich kennt er sich hier überall gut aus. Gewandt balanciert der schlaksige Mann über die wackeligen, schmalen Bretter, die als Gangway

---

4 Indonesisches Segelfrachtschiff

dienen, an Bord. Mit seinem wild zerzausten, grauen Vollbart, seiner schäbigen Kleidung und einem ausgefransten Strohhut unterscheidet er sich kaum von den abgerissenen Männern der Besatzung. Anders als er, scheinen die allerdings nur das Allernötigste zu tun und meist tatenlos und entspannt an Deck herum zu lungern. Tom spürt, wie ihm misstrauische, fast feindselige Blicke aus ihren Augenwinkeln folgen.

An der Reling werden er und Johan Pieter von dem Skipper erwartet. Auch dessen Äußeres erinnert eher an einen Freibeuter als einen Frachtschiffkapitän. Er führt sie über eine enge, ausgetretene Holztreppe hinauf auf die Kommandobrücke. Wortkarg sucht er dort in einer Kiste nach Papieren. Offenbar handelt es sich um irgendwelche Ladedokumente, die Johan Pieter sehen will. Da er mit dem Skipper Indonesisch spricht, hat Tom keine Ahnung, worum es geht. Mit den Papieren in der Landessprache kann er ebenfalls nichts anfangen. Er bekommt auch keine Erklärungen und wird von den beiden nicht weiter beachtet. Eine besonders dunkelhäutige Gestalt in zerrissener Kleidung betritt mit finsterer Miene die Brücke und drückt dem Kapitän wortlos weitere Papiere in die Hand. Verschlagen mustert der Mann Tom und verschwindet sofort wieder. Dann entspinnt sich eine längere Auseinandersetzung zwischen Johan Pieter und dem Schiffsführer. Offensichtlich sind sie über irgendetwas nicht einig. Verärgert darüber, zum Statisten degradiert worden zu sein, wendet Tom sich ab und beobachtet gelangweilt das Treiben auf den umliegenden Schiffen. Somit entgeht ihm, dass sowohl Johan Pieter als auch der Skipper immer wieder besorgt zu ihm herüberschielen, als hätten sie vor ihm etwas zu verbergen.

Endlich verabschieden sie sich. Wieder auf der Pier will Tom nun endlich wissen, worum es gegangen ist. „Leider kann der Kapitän kaum Englisch. So müssen Sie entschuldigen, dass ich Sie nicht in das Gespräch einbeziehen konnte. Das Schiff hat Waren von uns geladen und läuft in Kürze nach Ambon in den Molukken aus. Die Ladung scheint mir nicht mit den Ladepapieren übereinzustimmen. Doch ich werde der Sache nachgehen." Tom hält das für eine leere Versprechung und ist überzeugt davon, dass Johan Pieter nichts aufklären wird oder will. Vielmehr wird er versuchen, jede Unregelmäßigkeit zu verheimlichen. Außerdem hält er ihn für ziemlich unfähig und fragt sich, warum weder sein Vorgänger noch die Zentrale ihn nicht längst ausgewechselt haben. Jedenfalls nimmt er sich vor, mehr über ihn herauszufinden und dem Spuk hier schon bald ein Ende zu setzen.

Verdacht

Zurück in Singapur erzählt er Zheng von seinen Erlebnissen in Jakarta. Aufmerksam hört der Chinese ihm zu und ist sofort bereit, ihm dabei zu helfen, die Vorgänge dort aufzuklären. „Wortkarg und etwas schrullig ist Johan Pieter schon immer ein komplizierter, schwer durchschaubarer Mensch gewesen." Nachdenklich starrt Tom auf seinen Vertreter. „Warum mögen die neuen chinesischen Partner darauf bestanden haben, ausgerechnet in Indonesien noch weitere Leute einzustellen? Hat mein Vorgänger dazu jemals etwas gesagt?" Tom spürt, dass Zheng nun sehr viel vorsichtiger wird. „Nicht viel, aber man hofft wohl, neue Geschäftsfelder aufbauen zu können." „Das habe ich schon einmal gehört. Aber mit welchen Produkten?" Offensichtlich weicht Zheng nun weiteren Fragen aus. „Das weiß ich leider nicht."

Doch nicht nur die fremden Mitarbeiter bereiten Tom großes Kopfzerbrechen. Durch Johan Pieters Bemerkungen zu Unregelmäßigkeiten in den Ladepapieren misstrauisch geworden, beginnt er auch Zahlen, Aufträge, Frachtpapiere und Rechnungen zu durchwühlen. Alles scheint jedoch korrekt zu laufen. Seine Mitarbeiter sind höflich und eifrig bemüht, ihm seine Fragen zu beantworten oder geduldig immer wieder neue Unterlagen herauszusuchen. Er will sich schon beruhigt zurücklehnen und seine Nachforschungen einstellen, da geschieht etwas Eigenartiges. „Suchen Sie nach den verschwundenen Waren?" Eine junge Malaiin, noch nicht lange in der Firma, blickt ihn mit unschuldigen Augen an. Die älteren Mitarbeiter um Tom herum erstarren. Eisiges Schweigen erfüllt den Raum und selbst die Mosquitos scheinen plötzlich gelähmt zu sein. „Nehmen Sie das nicht ernst. Tayla ist noch sehr unerfahren, um die Vorgänge hier zu verstehen." Ein älterer Chinese hat das Schweigen gebrochen. „In der Tat gab es Gerüchte wonach Teile von der für Asien vorgesehenen Waren unserer Firma wiederholt spurlos verschwunden sein sollten. Angeblich kam es vor, dass in Bangkok mehr Frachtstücke ausgeladen wurden, als nach den vorliegenden Dokumenten für Thailand, Indonesien oder die anderen Nachbarländer dort vorgesehen war. Irgendjemand soll sie am Zoll vorbeischmuggeln oder in ein anderes Land verschoben haben. Doch wie ich bereits sagte, das sind alles nur Gerüchte. Wir sind der Sache natürlich sofort nachgegangen, haben jedoch nichts gefunden. Es gibt auch keine Beschwerden von Kunden, dass ihnen etwas fehlte. So hat sich das erledigt." Einige Mitarbeiter stimmen ihm zu. Die Spannung scheint gelöst zu sein. Den vernichtenden Blick des Mannes auf die blass gewordene Tayla bemerkt Tom nicht. Dennoch bleibt er misstrauisch. So sehr er sich auch darum bemüht, gelingt es ihm jedoch nicht, Näheres zu erfahren. Keiner will wissen, um was für Ware es sich handelte, noch, für wen sie bestimmt war, oder wo sie abgeblieben sein könnte. Sollte diese Phantomfracht nach Indonesien gegangen sein? Wenn das zuträfe, wer hat sie gestohlen und dorthin gebracht? Wer sind ihre Empfänger? Das Eigenartigste ist aber in der Tat, dass niemand Ware vermisst. Sollte das Gerücht stimmen und geht man davon aus, dass in Deutschland bei der Verschiffung alles ordnungsgemäß dokumentiert worden ist, müsste zwangsläufig in einem der nächsten Häfen, die die Schiffe auf ihrer Route angelaufen haben, von der dort auszuliefernden Fracht etwas fehlen. Seltsamerweise gab und gibt es aber nirgends und von niemandem irgendeine Reklamation. Alle verschiffte Ware ist auch ordnungsgemäß bezahlt worden. Tom neigt deshalb schließlich auch dazu, die Dinge als Hirngespinste abzutun.

Doch da bekommt er eines Morgens einen mysteriösen Anruf. „Ein Mr. Elvis aus Bangkok will Sie sprechen, soll ich ihn durchstellen?" Yini ist gerade ins Büro gekommen. „Wer ist das? Was will er?" „Das wollte er mir nicht sagen." Neugierig geworden nimmt Tom das Gespräch an. Doch der Anrufer erklärt auch ihm nicht, wer er ist und was er will, sondern macht ihm nur den Vorschlag, ihn und einen Freund heute Mittag um fünfzehn Uhr im „Courtyard", einem Restaurant in einem Innenhof des Raffles Hotel zu treffen. Er habe interessante Informationen für ihn. Tom überlegt, ob er darauf eingehen soll, doch wieder siegt seine Neugier und er sagt zu. Auf Yinis fragende Miene reagiert er nur mit einer abwehrenden Bemerkung. „Möglicherweise ein Bekannter von Joachim."

Als er im Hotel eintrifft, sitzen nur noch wenige Gäste an den Tischen um einen Brunnen in einem der Innenhöfe des beeindruckenden Kolonialgebäudes. Im Schatten der Arkaden und hohen Palmen ist die Hitze einigermaßen erträglich. Die Essenszeit ist vorbei und man geht wieder seinen Pflichten nach oder hat sich zurückgezogen. Vergeblich sieht Tom sich nach den beiden Männern um. Enttäuscht, muss er feststellen, dass nirgends jemand auf ihn wartet. Vermutlich sind sie auch nie gekommen. Verärgert, auf den Anrufer hereingefallen zu sein, will er das

Restaurant schon verlassen, da bemerkt er zwei Asiaten an einem etwas abseitsstehenden Tisch, den man nicht gleich entdeckt, wenn man den Hof betritt. Der Gewohnheit folgend hatte er sich zudem nur nach Europäern umgesehen. Als sie ihn bemerken, erhebt sich einer von ihnen und kommt auf Tom zu. Er ist höchstens Mitte dreißig, elegant gekleidet. Sein Gesicht wirkt ein wenig wie eine Maske, auf der man nicht vergessen hat, das höfliche, kaum erkennbare Lächeln des Asiaten aufzudrucken. „Mr. Tom?" „Ja. Müller. Tom Müller. Und Sie sind Mr. …" „Ich bin Elvis und das da ist Mr. Henry." Nachnamen nennt er nicht. Aber auch der Vorname Elvis klingt nicht unbedingt echt. Henry ist deutlich älter, schweigsam, farblos. Ohne irgendwelche weiteren Erklärungen kommt Elvis sofort zur Sache. „Wissen Sie eigentlich, dass in Bangkok immer mehr Waren von Ihrer Firma illegal abgeladen werden und in die umliegenden Länder, vor allem aber nach Indonesien geschafft werden?" Tom glaubt nicht richtig zu hören. „Zunächst waren es einzelne Kisten doch vor Kurzem habe ich selbst beobachten können, dass sogar ein 20 Fuß-Container bei Nacht von Bord geschafft worden ist." „Warum soll ich Ihnen das glauben? Sind Sie von der Polizei?" „Ob Sie uns das glauben oder nicht ist Ihre Sache." „Weshalb erzählen Sie mir das dann?" „Weil Ihre eigenen Leute Ihnen davon sicher nichts berichtet haben." „Und was wollen Sie von mir?" „Uns liegt daran, dass Sie als der Verantwortliche für Ihre Firma in der Region davon wissen." „Und sonst nichts?" „Nein. Nichts". „Warum verraten Sie mir nicht einmal Ihre Namen?" „Das ist besser so. Die Leute, die Sie hintergehen, sind im

Übrigen nicht ungefährlich. Seien Sie also besonders vorsichtig." Ratlos betrachtet Tom die beiden Männer und überlegt, was er tun kann, um etwas mehr aus ihnen herauszubekommen. „Wenn Sie so gut Bescheid wissen, warum geben Sie mir nicht mehr Einzelheiten?" „Vielleicht ein andermal. Wir müssen jetzt weiter. Übernehmen Sie die Rechnung? Vielen Dank!" Eilig verlassen sie das Restaurant. Verblüfft schaut Tom ihnen nach. Elvis hebt wenigsten noch den Arm zu einem freundlichen Abschiedsgruß, dreht sich dazu aber auch nicht mehr zu ihm um.

Tom ist jetzt der einzige Gast. Während er auf die Rechnung wartet versucht er sich aus dieser mysteriösen Begegnung einen Reim zu machen. Wollte man ihm helfen, drohen, oder ihn warnen? Wenn die beiden von der Polizei gewesen wären, hätten sie sich sicher ausgewiesen und erklärt, was der Zweck des Treffens ist. Doch wenn nicht Polizei, wer käme sonst noch infrage? Vielleicht ein Wettbewerber, der Angst schüren will, um den Konkurrenten loszuwerden. Eine Drohung mit der Polizei gibt es zumindest bis jetzt aber noch nicht. Oder war das die Ankündigung eines Racheakts? Doch gegen wen, warum und was hat er damit zu tun? Zumindest ist Tom klar geworden, dass er die Gerüchte doch ernst nehmen sollte. Die mangelnde Aussagebereitschaft seiner eigenen Leute hat er bereits erlebt. Nach längerer Überlegung beschließt er Joachim vorsichtig auf den möglichen Warenschwund direkt anzusprechen. Höchst erstaunt versichert der noch nie davon gehört zu haben. Er kümmere sich nur um Fracht, die nach seinen Unterlagen für Thailand bestimmt ist, und für die er die entsprechenden Dokumente besitzt. Damit gäbe es keinerlei Unregelmäßigkeiten. Alles andere, was von Schiffen in Bangkok gestohlen und nach Indonesien oder in andere Länder weitertransportiert oder umgeladen wird, gehöre nicht zu seinem Geschäft. Dafür seien die Reedereien oder ihre Vertreter in den jeweiligen Zielhäfen zuständig. Auf Joachims wiederholte Frage, woher die Informationen stammen gibt Tom ihm keine Antwort. Irgendetwas in seinem Inneren rät ihm niemand von seinem Treffen mit den beiden geheimnisvollen Männern zu erzählen. So weicht er einer Antwort aus. „Gerüchte. Gerüchte." Joachim durchschaut das natürlich. Mit einer eisigen Bemerkung lässt er Tom seinen Zorn spüren. Der charmante und freundliche Herr, den Tom in Bangkok kennengelernt hat, hat sich plötzlich und unerwartet in einen furchterregend harten Feind gewandelt. Doch schon einen Moment später fängt er sich wieder und beendet das Gespräch mit einer versöhnlichen Bemerkung.

Wie Tom ohnehin erwartet hat, kann auch Johan Pieter ihm nicht weiterhelfen. Nicht anders als Joachim habe er nur Informationen über das, was er bestellt hat oder ihm vom Mutterhaus avisiert worden ist. Alle Unklarheiten oder Beschwerden, die es dazu gab habe er aber bislang immer klären können.

Tom überlegt fieberhaft, was er noch unternehmen kann, um die mysteriösen Vorgänge in seinem Unternehmen aufzuklären. Doch seine detektivischen Möglichkeiten stoßen schon wegen der fehlenden Sprachkenntnisse immer wieder auf enge Grenzen. Bestürzt muss er dabei auch noch feststellen, dass er sein Unternehmen doch nicht so im Griff hat, wie er bislang glaubte. Je tiefer er in die Sache eindringt, desto mehr erkennt er, dass er von den Abläufen in seiner Firma kaum etwas weiß. Nicht nur die Sprachprobleme machen ihm schwer zu schaffen und verbergen vieles vor ihm. Erstmalig spürt er auch deutlich die Fremdartigkeit der Menschen um sich herum. Er beginnt zu begreifen, dass sie, wenn auch hinter modernen, vertrauten Fassaden nicht gleich sichtbar, häufig ganz anders denken und handeln, als er es gewöhnt ist. Weit mehr, als er erwartet hat, folgen sie nach wie vor ihren eigenen Regeln, die er bislang nicht kennt. Zähneknirschend muss er sich immer öfter eingestehen, dass in seiner derzeitigen Lage ein wenig mehr Erfahrung außerordentlich hilfreich wäre.

Auf einem Regionaltreffen der Firma in Hongkong stellt er erleichtert fest, dass er wenigstens nicht der Einzige ist, der mit solchen Schwierigkeiten zu kämpfen hat, auch wenn die Probleme in den verschiedenen Ländern sehr unterschiedlich sind. Natürlich tut er alles, um gegenüber den Vertretern des Mutterhauses, aber auch den Kollegen den Eindruck zu erwecken, dass seine Firma besonders gut läuft, und vermeidet jede Bemerkung, die auf seine Schwierigkeiten mit den verschwundenen Frachten hinweisen könnte. Dennoch hat sein bislang unerschütterliches Selbstbewusstsein deutlich gelitten, und er schlägt etwas leisere Töne an.

Natürlich nutzt er die Gelegenheit, seinen chinesischen Chef vorsichtig darauf anzusprechen, was er von den Wünschen der neuen Miteigentümer hält, Personal für fremde Partner einzustellen, ohne über die Inhalte von deren Aufgaben oder Arbeit informiert zu werden. Dabei macht er deutlich, dass er ein solches Verfahren nicht nur für ungewöhnlich, sondern auch für rechtlich höchst bedenklich hält. Zu seiner Überraschung bekommt er nur eine knappe, harsche Antwort. „Befolgen Sie meine Anweisungen dazu und kümmern Sie sich um Ihr eigenes Geschäft. Alles andere lassen Sie meine Sorge sein." „Aber es betrifft doch mein Geschäft! Ich werde möglicherweise dafür verantwortlich gemacht ..." Doch für seinen Chef ist das Thema erledigt. Ohne weitere Kommentare wendet er sich einem anderen Kollegen zu. Verwirrt beschließt Tom, das Thema zunächst nicht weiter anzusprechen.

Am späteren Abend in der Hotelbar kommt er mit seinem Kollegen aus Japan ins Gespräch. „Nach deiner Präsentation von heute Morgen machst du offenbar ein besonders gutes Geschäft mit Armee und Polizei. Unsere Produkte für diesen Bereich fänden auch in meinen Ländern sicher viel Interesse und ein beachtliches Geschäftspotenzial. Schade, dass ich das nicht nutzen kann. Aber wie du weißt, unterliegen Waffen und elektronische Komponenten für Waffen oder andere militärische Ausrüstung in Deutschland strengen Exportrestriktionen. Außerhalb der NATO dürfen sie in nur wenige Staaten der Welt exportiert werden. Du hast Glück, Japan gehört zu ihnen, meine Länder aber leider nicht." „Da hast du sicher recht. Mit Blick auf die Exportbeschränkungen für einige sensible Waren geht es mir tatsächlich besser als dir. Unsere Produkte sind gut und von denen, die sie kennen sehr begehrt. Ein einträgliches Geschäftsfeld." „Beneidenswert." Der Kollege lacht. „Es ist aber nicht leicht, uns in diesem

Geschäft erfolgreich gegen den Wettbewerb aus anderen Ländern durchzusetzen. In letzter Zeit kauft allerdings eine recht unbekannte Sogo Shosha[5] immer mehr solcher Dinge ein und beschert uns damit wirklich recht ordentliche Provisionen. Hoffentlich geht das aber weiter gut. Manchmal habe ich das Gefühl, irgendetwas stimmt mit diesem Kunden nicht. Doch solange die Rechnungen bezahlt werden und die Provisionen fließen, soll mir das egal sein." „Hast du dir mal die Ladepapiere angesehen?" Mit den Gedanken bereits wieder bei den eigenen Problemen, stellt Tom diese Frage eigentlich eher sich selbst. Verwirrt blickt der Kollege auf. „Wieso sollte ich? Bislang gab es keinen Grund dafür. Ich weiß nur, dass die Ware über Bangkok angeliefert wird. Wenn der Kunde die bestellte Ware nicht bekommen hätte, hätte er sich längst gemeldet." „Natürlich." Um seinen Kollegen nicht neugierig oder misstrauisch zu machen, stößt Tom lachend mit ihm an und wechselt das Thema.

Nachdenklich fliegt er nach Singapur zurück. Wieder lässt ihm sein Problem keine Ruhe. Was mögen das für Produkte sein, die in Bangkok auf rätselhafte Weise verschwinden sollen? Erneut geht ihm das Gespräch mit seinem Kollegen aus Japan durch den Kopf. Wenn auch er die Möglichkeit hätte, die sensiblen Produkte seines Unternehmens in seinem Gebiet verkaufen zu dürfen, könnte er der Gesellschaft in Indonesien möglicherweise wieder auf die Beine helfen. Das wäre sicherlich ein

---

5 Japanisch: Handelshaus

„neues Geschäftsfeld", wie sein Chef es angeblich suchen lässt. Dabei kommt ihm plötzlich ein Gedanke: Vielleicht handelt es sich bei den verschollenen Waren sogar um solche Produkte. Es wäre durchaus denkbar, dass sie eigentlich für Japan bestimmt gewesen, jedoch in Bangkok gestohlen und unter Umgehung der Exportrestriktionen heimlich nach Jakarta umgeleitet worden sind. Doch auch in diesem Fall gäbe es natürlich nach wie vor keine einleuchtende Erklärung dafür, warum dann von den bestohlenen japanischen Kunden nichts als fehlend reklamiert, sondern alles anstandslos bezahlt worden ist. Alles bleibt rätselhaft und wird ihm immer unheimlicher.

Doch nicht nur, dass Waren seiner Firma ausgerechnet in seinem Verantwortungsbereich verschwinden beunruhigt ihn. Seine größere Sorge ist es, dass womöglich sogar Mitarbeiter seiner eigenen Firma dahinterstehen oder zumindest daran beteiligt sind, ohne dass er bislang etwas davon ahnen und dagegen unternehmen konnte. Ihn würde nicht wundern, wenn Johan Pieter einer von ihnen wäre. Er merkt, wie ihm heiß wird. Angstschweiß läuft über seine Stirn. Seine Kehle ist ausgetrocknet. Hastig kippt er einen Whisky herunter. Lag hier vielleicht sogar der Grund für seinen Vorgänger, die Firma zu verlassen? Tom muss unter allen Umständen herausfinden, was in seinem Vertretungsgebiet wirklich vor sich geht. Doch wie? Hilfe kann er dabei von niemandem erwarten. Noch einmal mit Joachim darüber zu sprechen und ihn um Rat fragen, scheidet für ihn nach dem letzten Telefonat aus. Er wird ihm zudem nichts anderes sagen können, als er schon gesagt hat. In Johan Pieter wähnt er einen der

Mittäter und will ihm gegenüber möglichst wenig zu erkennen geben, dass er Unregelmäßigkeiten verfolgt, die in besonderer Weise dessen Verantwortungsbereich betreffen. Von der Zentrale kann er erst recht keine Unterstützung erwarten. Im Gegenteil. Dort erwartet man von ihm, dass er Probleme in seinem Zuständigkeitsbereich löst und nicht dem fernen Mutterhaus zur Lösung vorlegt. Er sollte sie noch nicht einmal informieren. Zu groß ist die Gefahr, sich ohne Beweise dort zu blamieren oder lächerlich zu machen. Nach der in Hongkong erteilten Abfuhr seines unmittelbaren Chefs, würde er sich nicht wundern, möglicherweise sogar als unfähig die Niederlassung zu führen, unverzüglich von seinem Posten abgelöst zu werden. Er ist erbarmungslos auf sich selbst gestellt. Sein sorgloses Leben, der unbeschwerte Genuss von Luxus und Macht, all das ist auf einmal vorbei.

„Buchen Sie mir bitte wieder einen Flug nach Jakarta und ein Hotel. Ich muss sobald wie möglich dorthin." Überrascht blickt seine Assistentin auf. „Schon wieder und so plötzlich? Sie sind doch vor Kurzem erst dort gewesen?" „Ja es ist dringend! Ich habe den Verdacht, dass es dort einige Unregelmäßigkeiten gibt, denen ich mich persönlich annehmen muss. Aber behalten Ssie das bitte unbedingt für sich." Sein Blick heftet wieder an irgendwelchen Papieren auf dem Tisch vor ihm und so ist ihm entgangen, wie ihre Augen für einen Moment neugierig aufgeblitzt sind. Er kann auch nichts davon ahnen, dass sie, sofort nachdem sie seinen Raum verlassen hat, sich eiligst mit Zheng zum Mittagessen in einem nahen Restaurant außerhalb des Büros verabredet und die beiden dort ein erregtes Gespräch miteinander führen. Nach dem Essen kommt sie zu Tom und macht ihm einen erstaunlichen Vorschlag: „Was halten Sie davon, wenn ich Sie nach Jakarta begleite? Ich spreche nicht nur Chinesisch, sondern auch ganz gut Indonesisch. Ohne diese Sprachkenntnisse werden sie dort vermutlich nicht viel weiterkommen." Nachdenklich mustert er sie. Er denkt zurück an seinen Besuch auf dem Schiff in Sunda Kelapa und so erscheint ihm ihr Angebot sehr verlockend zu sein. Doch wie würde das auf seine Mitarbeiter wirken? Frau Yini ist durchaus reizvoll und hat etwa sein Alter. Nach dem was er weiß, hat auch sie keinen festen Partner. Würde er mit ihr zusammen auf Geschäftsreise gehen, gäbe das sicherlich kräftig Nahrung für die Gerüchteküche in seiner Belegschaft. Doch bei allen moralischen Bedenken ist ihm klar, dass jeder Versuch dort allein zu operieren im Zweifel tatsächlich sehr bald zum Scheitern verurteilt sein dürfte. So steht sein Entschluss fest. „Wenn Sie das wirklich ernst meinen, würden Sie mir natürlich einen großen Gefallen tun. Ohne die notwendigen Sprachkenntnisse würde ich natürlich sehr schnell an meine Grenzen gelangen. Es macht ihn auch wirklich nichts aus? Ich meine, mit mir alleine auf eine gemeinsame Geschäftsreise zu gehen?" Sie lächelt. „Sie meinen, man könnte das in der Belegschaft falsch verstehen und ich würde mein Gesicht verlieren?" „Ja." „Vielleicht mögen Sie recht haben, doch das lassen Sie meine Sorge sein."

Am nächsten Tag sitzen beide im Flugzeug nach Jakarta. Mit mürrischem Gesicht wartet Johan Pieter am Flughafen auf seinen Chef. Ihm ist rätselhaft, was der schon wieder bei ihm will. Erstaunt hat er zur Kenntnis genommen, dass Tom diesmal von seiner Assistentin begleitet wird. Er hat mit Frau Yini zwar oft telefoniert, sie aber noch nie getroffen. „Sie sind also die neue..., die neue ... Assistentin der Geschäftsführung." Weder Tom noch Yini bleibt sein ironischer Ton verborgen, als er demonstrativ nach einer Beschreibung ihrer Funktion sucht. Besorgt, dass sie sich verletzt fühlt, wirft Tom einen Blick auf sie. Doch sie zuckt nur gleichgültig mit den Schultern. „Ich freue mich, Sie nun persönlich kennenzulernen, Frau Yini. Ich habe schon viel von Ihnen gehört." Mit einem vielsagenden Blick setzt er noch hinzu: „Vor allem Herr Zheng hat oft von Ihnen geschwärmt. Er steht Ihnen offenbar sehr nahe." Dabei schaut er eindringlich auf Tom. Doch zu seiner Enttäuschung achtet der weder auf seine Bemerkung noch seine Blicke. Er bekommt auch nicht mit, dass Yini sich davon deutlich tiefer getroffen fühlt, als von seinen ironischen von seiner ironischen Anspielung auf ein Verhältnis mit ihrem Chef. Nun wendet er sich direkt an ihn. „Und Sie wollen also meinen Laden noch einmal näher überprüfen? Offenbar vertrauen Sie mir nicht! Aber sehen Sie sich ruhig alles an. Ich habe nichts zu verbergen." Nach einer kurzen Pause setzt er noch mit einem süffisanten Lächeln hinzu: „Im Übrigen wird Frau Yini Ihnen sicherlich Tag und Nacht dabei gerne zur Hand gehen." Jetzt platzt Tom der Kragen und er fährt ihn wütend an: „Ich verbitte mir diese beleidigenden Anspielungen. Frau Yini erfüllt hier ihre Pflichten als meine Dolmetscherin und Sie haben sie entsprechend zu respektieren!" „Wenn Sie meinen... Selbstverständlich werde ich ab sofort daran denken. Bitte entschuldigen Sie meine unpassenden Bemerkungen." Tom kocht vor Wut über die vermeintliche Unverschämtheit des Mannes, kommt aber zu keinem Moment auf die Idee, dass die ungewohnte Beredsamkeit des sonst wortkargen Johan Pieter und seine wiederholten Angriffe auf Yini einen besonderen Grund haben könnten. Auf der weiteren Fahrt zum Hotel sehen sie nur noch schweigend aus dem Wagenfenster.

In den nächsten Tagen durchwühlt Tom Akten und Dokumente, lässt sich Aufträge, Rechnungen und Konnossemente vorlegen, spricht mit allen Mitarbeitern über ihre jeweiligen Aufgaben. Mehr oder weniger bereitwillig geben sie ihm die gewünschten Auskünfte, doch letztlich wird er damit nicht viel klüger. Von den neuen chinesischen Mitarbeitern erfährt er trotz insistenter Nachfragen weiterhin so gut wie nichts. So erhärtet sich sein Verdacht, dass bei ihrem Einsatz nicht alles mit rechten Dingen zugeht. Frau Yini übersetzt eifrig. Dabei muss sie den chinesischen Gesprächspartnern offenbar immer wieder umfangreiche Erklärungen geben, was Tom meint oder will. Manchmal hat er das Gefühl, als wollen sie viele seiner Fragen auch nicht verstehen. Allzu gerne hätte er sie mit der Androhung einer Kündigung zu einer Aussage gedrängt. Doch die Mahnung seines Chefs klingt noch in seinen Ohren „Kümmern Sie sich um Ihr eigenes Geschäft!" So lässt er schließlich lieber von ihnen ab.

Als Yini mit Tom alleine beim Abendessen sitzt, meint sie, das Verhalten der Chinesen noch einmal ansprechen zu müssen. „Die sind noch sehr neu und bekommen ihre Anweisungen von der Firma aus Manila, die sie bezahlt. So verstehen sie nicht, warum sie an jemand anderen Auskunft über ihre Arbeit geben sollen." Tom brummt der Schädel, und er will nun nichts mehr davon hören. „Lassen Sie uns die Arbeit nun eine Weile vergessen und noch einen Drink in der Hotelbar genießen! Vielleicht finden wir etwas Abstand von den Problemen. Sie sind natürlich mein Gast." Offenbar überrascht und verunsichert zögert sie etwas, nimmt die Einladung aber gerne an. Mit einem ungewohnt verführerischen, aber dennoch dezenten Lächeln folgt sie ihm in die Bar. Erst als sie sich auf einen der Hocker an der Theke setzt fällt Tom auf, dass sie sich für das Abendessen ein besonders elegantes langes Kleid angezogen hat. Es ist auf einer Seite hoch geschlitzt, wie Tom es in Singapur und Hongkong schon oft, aber noch nie bei ihr beobachtet hat. Auch wenn sie somit immer wieder einen kurzen Blick auf ihr hübsches Bein erlaubt, wirkt sie aber unverändert züchtig und schamhaft. Wie auch sonst achtet sie stets auf einen ihrer Stellung angemessenen Auftritt. Das hält sie allerdings nicht davon ab, in einem angeregten Gespräch zunehmend auch sehr Privates zu berühren. Neugierig forscht sie nach, ob Tom in Deutschland eine feste Verbindung hat und wundert sich, als er das verneint. „Und in Singapur haben Sie noch niemand kennengelernt?" Er schüttelt den Kopf. „Jedenfalls nichts Festes." „Ich bin sicher, dass Sie bestimmt bald jemand finden werden. Sie haben es doch mit vielen attraktiven Frauen zu tun. Oder mögen Sie keine Asiatinnen?" „Wie kommen Sie denn darauf?" Er muss laut lachen. „Und Sie? Haben Sie einen Partner?" Sie erzählt ihm, dass sie einmal verheiratet war, aber nun schon länger alleine lebt. Doch vielmehr bekommt er nicht aus ihr heraus. Im Gegenteil hat er das Gefühl, als wolle sie ihre Vergangenheit vor ihm sehr bewusst verbergen. Also versucht er es mit der Gegenwart. „Nicht auf der Suche nach einem neuen Ehemann?" „Nein, dazu lässt mir die Arbeit auch gar keine Zeit!" Mit verschmitzter Miene fügt sie hinzu: „Ich bin, wie Sie, schließlich schon mit der Firma verheiratet, wozu also noch weitersuchen?"

Lachend brechen sie auf. Ihre Zimmer liegen im gleichen Stockwerk. Vor seiner Zimmertür sucht er nach der Schlüsselkarte. „Na endlich. Hier ist das Ding" Er öffnet seine Tür.   „Dann treffen wir uns also um acht zum Frühstück." „Um acht zum Frühstück", wiederholt sie leise. Dabei sieht sie ihn einen Moment lang mit einem seltsamen Blick an. „Gute Nacht, Herr Dr. Müller!" Noch immer flüstert sie, als wolle sie vermeiden, dass es irgendjemand hören könnte. „Gute Nacht Frau Yini!" Amüsiert über die formale Anrede und ihr Bestreben, stets die Etikette zu bewahren schaut er ihr nach. Auch wenn sie etwas von einer gestrengen, besonders tugendhaften Haushälterin an sich hat, kann sie doch reizvoll sein. Nachdenklich schließt er seine Zimmertür. Eigentlich schade, dass sie so schüchtern und korrekt ist. Vielleicht aber auch gut so. Schließlich ist sie seine Sekretärin.

Ausstieg

Auch in den nächsten Tagen führen Toms Nachforschungen trotz aller Bemühungen zu keinem greifbaren Ergebnis. Viele Anzeichen sprechen zwar immer deutlicher dafür, dass hinter seinem Rücken illegale Dinge geschehen an denen zweifellos auch Mitarbeiter von ihm beteiligt sind. Doch unverändert sind alles nur vage Vermutungen. Nach wie vor fehlen ihm konkrete Fakten und erst recht Beweise. Die einzigen angeblichen Zeugen, Elvis und Henry, haben sich bislang nicht mehr gemeldet. Er kennt weder ihre richtigen Namen noch weiß er wie oder wo er sie finden kann. Er ist am Ende. Ihm fällt nichts mehr ein, was er noch unternehmen könnte und nicht schon versucht hat. Offenbar ist er gegen die verborgenen Geschehnisse in seinem Unternehmen machtlos. Mehr noch als die Frage was hinter den Kulissen geschieht, quält ihn dabei das Gefühl in seiner Aufgabe gescheitert zu sein.

Überzeugt davon, kläglich versagt zu haben, beginnt er sich zudem auch noch auszumalen wie er als verantwortlicher Leiter des Unternehmens von Polizei und Justiz verfolgt und für kriminelle Taten mitverantwortlich gemacht wird, mit denen er nichts zu tun hat und von denen er nicht einmal wirklich weiß worum es sich dabei handelt. Horrorbilder ausufernder Fantasien rauben ihm nachts den Schlaf. Verhaftet und verurteilt sieht er sich schon für Jahre in einem deutschen oder gar asiatischen Gefängnis schmoren. Mit Grauen stellt er sich vor, wie er in Häftlingskleidung ein karges Anstaltsessen herunterwürgt, statt in edle Markengarderobe gekleidet, üppige Gourmetspeisen und auserlesene Weine zu genießen. Keine Segeltörns auf prachtvollen Yachten, keine kapriziösen

Flüge zum Shopping nach Hongkong, keine ausgelassenen Partys mit verführerischen Frauen mehr. Stattdessen eine karge Zelle, Auslauf im Gefängnishof mit verschlagenen Verbrechern und Arbeit unter rüden Aufsehern. Unter solchen Umständen würde er psychisch unvermeidbar zugrunde gehen. Bei diesen Gedanken gerät er fast in Panik. Von seiner stolzen Selbstsicherheit ist nicht viel übriggeblieben. Ratlos, was er noch tun könnte, um dieses grausame Schicksal abzuwenden, muss er sich eingestehen, dass er auf einmal vor allem eins vermisst: Erfahrung! Erfahrung mit Land und Leuten.

Da kommt ihm Yini ungewollt zu Hilfe. Auch wenn er alles tut, um seine Unruhe vor ihr zu verbergen, spürt sie deutlich, in welchem chaotischen Zustand sich sein Inneres befindet und scheint bemüht, ihn wieder zu ermutigen. „Es wird Ihnen bestimmt gelingen, die Vorgänge sehr bald aufzuklären und eine Lösung für die Probleme zu finden. Vieles haben Sie sich sicherlich anders vorgestellt, als Sie hierhergekommen sind. In der Firmenzentrale in Deutschland hat man natürlich kaum eine Vorstellung von dem, was einen hier wirklich erwartet. Man muss die Realität vor Ort erlebt haben, um zu erkennen, dass die Dinge in Fernost, wie Sie es nennen, ganz anders laufen, als bei Ihnen in Europa. Man kann damit erst umgehen, wenn man Erfahrungen mit den hier gültigen Spielregeln gesammelt und gelernt hat, sich an sie anzupassen." Er schweigt eine Weile. „Und wie soll das gehen? Dazu bleibt mir keine Zeit." Erstmals gibt er ihr seine Hilflosigkeit zu erkennen.

„Sie brauchen vor allem Geduld! Vielleicht sollten Sie mehr Kontakt mit den Einheimischen suchen und auch mit den einfachen Leuten sprechen, sich für ihre Schicksale interessieren und ihre Gedanken verstehen lernen. Möglicherweise mehr zu den Kunden hinausgehen..." Erschrocken hält sie inne, als ihr bewusst wird, dass sie dabei ist, ihren Chef nicht nur zu beraten, sondern auch zu kritisieren und damit endgültig aus der ihr zustehenden Rolle zu fallen. Schnell bemüht sie sich daher ihren Belehrungen den ernsten Charakter zu nehmen. „Sie sollten einmal mit einer der Pinisi mitfahren. Die Erfahrungen, die Sie dort sammeln würden, dürften gleich für zwei Leben ausreichen." Lachend lädt sie ihn ein, nicht weiter zu grübeln und erst einmal einen Kaffee zu trinken.

Doch Tom reagiert auf ihre Bemerkung für sie völlig unerwartet. „Verdammt, Sie haben recht! Warum sollte ich nicht einmal auf einem dieser Schiffe mitfahren, die Arbeit der Besatzung kennenlernen und ein paar Kunden draußen in fernen Außenposten besuchen? Vielleicht finde ich dabei endlich heraus, was hier vor sich geht." Seine todernste Miene lässt keinen Zweifel daran, dass er den Vorschlag weiterverfolgen wird. Fassungslos starrt sie ihn an. „Ich meinte das als Scherz..." „Ich weiß, doch ich glaube, dass es zwar eine sehr unkonventionelle, aber hervorragende Idee ist. Ich will sie schnell umsetzen und hoffe, es läuft kurzfristig ein Schiff mit Fracht von uns aus."

„Wissen Sie, auf was Sie sich dabei einlassen? Das ist unmöglich! Sie müssten dort ein völlig anderes Leben in einer für Sie gänzlich fremden Welt führen. Die Lebensbedingungen an Bord sind äußerst primitiv. Wie wollen Sie mit den Menschen dort klarkommen? Es sind meist sehr raue Gesellen. Niemand von denen spricht genügend Englisch." „Sie haben doch gerade angemahnt, mich mehr mit einfachen Menschen aus der Bevölkerung zu befassen?" „Schon, aber nicht gleich mit solchen. Missverständnisse, Überfälle oder mit Gewalt ausgetragene Konflikte könnten Sie schnell in große Gefahr bringen. Hinzukommt, dass die Schiffe alt und baufällig sind und sehr rasch Opfer von Sturm oder hohen Wellen werden können." Tom winkt ab. „Das lassen Sie diesmal alles meine Sorge sein."

Yinis heftige Gegenwehr bestärkt ihn seltsamerweise, sich auf so ein Abenteuer einzulassen statt ihn zu bremsen. Sie selbst hat ihm doch die Argumente dafür gegeben. Warum hält sie plötzlich so vehement dagegen? Was macht sie auf einmal so besorgt und ängstlich? Er versucht sie zu beruhigen, indem er die Gefahren herunterspielt. „Vielleicht ist sie ein wenig abenteuerlicher, doch letztlich eine Reise, wie andere Reisen auch. Es wird mir schon nichts passieren. Wie Sie gesagt haben, werde ich dabei sicher eine Menge neuer Erfahrungen sammeln. Außerdem kann mir zumindest niemand vorwerfen, ich habe nicht alles getan, um die Unregelmäßigkeiten in meinem Unternehmen aufzuklären. In wenigen Wochen werde ich wieder wohlbehalten zurück sein." Aber es gelingt ihm weder sie zu beruhigen noch ihre Meinung zu ändern.

Ganz anders als in dieser verharmlosenden Darstellung ist die Reise für ihn allerdings sehr wohl von großer

Bedeutung und Tragweite. Sie ist seine letzte Hoffnung doch noch etwas über den Schmugglerring herauszufinden. Gelingt ihm das auch dort nicht, könnte nur noch ein Wunder verhindern, dass er seine Stellung als Chef der Niederlassungen von Carl Gustav Koch & Söhne in Südostasien verliert und damit seine berufliche Laufbahn erbarmungslos beendet wird. Allerdings glaubt er ernsthaft kaum noch an einen Erfolg. So hat er innerlich bereits mit allem abgeschlossen. Nur der Wunsch, zu wissen und zu verstehen, wer oder was ihn zugrunde gerichtet hat, lässt ihn das Spiel noch weiter mitspielen; nur der Drang, die für seinen Untergang Verantwortlichen zu finden, hält ihn davon ab, sofort alles hinzuwerfen.

Als er Johan Pieter in seinen Plan einweiht, erwartet er, dass auch der alles tun wird, um ihn davon abzubringen und zu verhindern, dass er auf dem Schiff mehr erfährt, als Johan Pieter lieb sein dürfte. Doch zu Toms großen Erstaunen bestärkt der ihn stattdessen in seinem Entschluss und weist sofort einen seiner Mitarbeiter an, nach einem geeigneten Schiff zu suchen. Möglicherweise ist er froh, ihn so am schnellsten loszuwerden.

Zufrieden nimmt Tom zur Kenntnis, dass bereits am nächsten Tag die Buana Tua[6] mit Fracht von seinem Unternehmen an Bord nach Makassar auf Sulawesi, Kalimantan[7]und Manila auslaufen soll. „Auf dieser Reise können Sie sich bestimmt ein gutes Bild davon machen, wie die

---

6 Indonesisch „Alte Dame"
7 Indonesischer Teil Borneos

Dinge hier laufen." Schnell einigen sie sich darauf, dass Tom dort an Bord gehen wird. Als sie am Abend in das Hotel zurückkehren und er mit Yini alleine ist, unternimmt sie noch weitere, verzweifelte, fast flehende Versuche, ihm die Wahnsinnsidee auszureden. Mit ihrer auffallend heftigen Reaktion auf seine Entscheidung erweckt sie den Eindruck, als wäre sie selbst davon massiv betroffen. Kopfschüttelnd geht Tom auf sein Zimmer.

Am nächsten Morgen erscheint sie eigenartigerweise nicht wie verabredet zum Frühstück. Sie geht auch nicht an ihr Zimmertelefon. Tom erkundigt sich an der Rezeption nach ihr und erfährt, dass sie noch in der Nacht abgereist sei. Offenbar ist sie seiner Anweisung gefolgt und nach Singapur zurückgeflogen. Irritiert über ihr plötzliches Verschwinden, fragt er sich, warum sie ohne ihn zu informieren schon zu Unzeiten aufgebrochen ist. Wenigstens hätte sie ihm eine Nachricht hinterlassen können. Ratlos checkt er im Hotel aus und fährt ins Büro. Dort weiß auch keiner, wo sie abgeblieben sein könnte.

Verstohlen wird er dort von allen Seiten gemustert. Ein höchst erstaunlicher, revolutionärer Wandel scheint in ihm vorgegangen zu sein. Er wirkt plötzlich, als habe er mit allem was im Büro geschieht nichts mehr zu tun. Bekleidet mit einer alten Jeans und einem zerschlissenen T-Shirt, lässt er das meiste seines Gepäcks dort zurück. Als er sich von seinen Leuten verabschiedet erweckt er bei ihnen den Eindruck, als ob er aus seinem bisherigen beruflichen Leben endgültig ausgestiegen ist und nicht vorhat, jemals wieder zurückzukehren. Obwohl Johan Pieter ihm mehrfach angeboten hat, ihn zum Schiff zu fahren nimmt er ein Taxi.

Das Schiff ist noch schlimmer, als Tom nach seinen Erfahrungen vom ersten Besuch hier erwartet hatte. Ein verrotteter Seelenverkäufer, auf dem man offenbar seit Jahren nichts mehr gepflegt und kaum noch irgendetwas repariert hat. Als er an Bord geht, fühlt er sich bereits wie ein Geächteter mit dem niemand mehr etwas zu tun haben will, ein Aussätziger mit dem man jede Berührung vermeidet und ihn möglichst weit wegwünscht. An Deck empfangen ihn finstere Blicke der dort herumlungernden Besatzungsmitglieder. Zerlumpt, verdreckt, mit verfilztem Haar und voller Tattoos wirken sie furchterregend. Unwillkürlich muss er an Bilder jener Männer und Frauen denken, die gescheitert, ausgestoßen und verfolgt, einst beschlossen haben, an Bord eines Piratenschiffs anzuheuern, um dort auszuharren bis sie im Kampf umkamen oder am Galgen endeten. Obwohl er noch gar nicht verfolgt wird, kommt er sich so vor, als sei auch er einer von ihnen. Jemand, der nichts mehr zu verlieren hat.

Der Skipper, macht auf Tom auch keinen wesentlich vertrauenswürdigeren Eindruck als seine Mannschaft. Zu Toms Erleichterung spricht er wenigstens recht gut Englisch. Er ist chinesischer Abstammung. Sein von Wind, Salz und Sonne gegerbtes und zerfurchtes Gesicht, erinnert jedoch mehr an einen Ureinwohner einer vergessenen Insel. Seine Besatzung nennt ihn Anjing, was in seiner Sprache angeblich „Hund" bedeutet. Stets wachsam und sprungbereit macht er seinem Namen alle Ehre. Zweifellos kann er auch bissig werden. Er ist wenig begeistert davon, Tom als Passagier an Bord nehmen zu müssen. Doch die Aufträge von Toms Unternehmen sind für ihn viel zu wichtig, um solche Wünsche auszuschlagen. Mit kargen Worten begrüßt er Tom. Nachdem er ihn flüchtig gemustert hat, wendet sich sofort wieder anderen Dingen zu und beachtet ihn nicht weiter. Tom folgt einem Mann von der Besatzung, der ihn in seine Unterkunft bringen soll. Sie klettern einen engen Niedergang hinab. Stickiger, muffiger Geruch weht ihnen entgegen. Dieselgestank und die Hitze sind kaum noch zu ertragen.

Als sein Begleiter die Tür zu einer Kammer öffnet, trifft Tom fast der Schlag. Vor ihm steht Yini. Sie ist kaum wiederzuerkennen. Sie trägt nur ein mehr als freizügiges, verschlissenes Kleid. Ihr wirres Haar lässt vermuten, dass sie gerade eine Weile geschlafen hat. Sie ist barfuß. Ganz offensichtlich hat sie getrunken. Der Alkoholgeruch ist unverkennbar. Tom kann es nicht fassen. Nichts an ihr erinnert mehr an seine gepflegte, stets sittsam und unauffällig gekleidete Assistentin. Toms Begleiter lässt sie alleine nachdem er noch einen lüsternen Blick auf die kaum bekleidete Frau geworfen hat. Endlich findet Tom wieder zu sich. „Was machen Sie denn hier? Und in diesem Aufzug? Ich denke, Sie sind längst auf dem Weg nach Singapur?"

Von seinem vorwurfsvollen Ton völlig unbeeindruckt, wirft sie den Kopf in einer selbstbewussten, fast arrogant wirkenden Geste nach hinten, streicht sich mit beiden Händen ihr Haar aus dem Gesicht und lächelt ihn verführerisch an. „Mit mir hast du hier wohl nicht gerechnet, was?" Bevor sie weiterredet wandern ihre Augen prüfend kurz zur Tür, als wolle sie sich noch einmal versichern, dass sie verschlossen ist und sie dort niemand belauschen kann. In konspirativem Flüsterton und mit verschwörerischer Miene beginnt sie eine Erklärung zu geben. „Auch wenn du es nicht einsehen willst, aber du wirst mich auf dem Schiff sicher brauchen. Ohne mich bist du hier verloren. Alleine, ohne Sprachkenntnisse und Erfahrungen im Umgang mit den Menschen hier wäre deine Reise nicht nur sinnlos, sondern auch zu gefährlich." Mit ihrem Auftritt und dem vertraulichen Du vermittelt sie Tom dabei das Gefühl, als habe er seine einst brave und unschuldige Assistentin nicht nur zur heimlichen Komplizin einer dubiosen Aktion, sondern auch zur ruchlosen und ihm ergebenen Hure gemacht.

Nachdem er seine erste Überraschung überwunden hat, besinnt er sich wieder seiner Rolle und fährt sie aufgebracht an. „Sie wollen doch nicht ernsthaft auf diesem Schiff mitfahren. Sie können unmöglich als einzige Frau alleine in einer solchen abenteuerlichen Männergesellschaft reisen." „Ich reise ja nicht alleine, sondern mit dir...", haucht sie ihm zu, „...und ich bin auch nicht die einzige Frau an Bord. Es gibt noch eine philippinische Köchin und ihre Helferin." „Sie wollen mir doch nicht weismachen, dass die den gleichen Reiz auf die Besatzung ausstrahlen, wie Sie es tun ..." „Du meinst, sie sind dafür zu alt und hässlich? Täusche dich nicht. Die Jüngere von den beiden ist höchstens dreißig und bildhübsch. Ihr Name ist Mayari, was auf Tagalog[8] Mondgöttin bedeutet. So wie

---

8 Landessprache auf den Philippinen

sie sich hier behaupten kann, werde ich das wohl auch schaffen, auch wenn ich gewiss keine Göttin bin."

Tom versucht, zu verstehen, was sie dazu getrieben haben konnte, einen derart folgenschweren Entschluss zu fassen, ihm auf dieses Schiff zu folgen. Damit hat sie ihr Leben drastisch und noch weit mehr verändert, als er das seine. Schon, dass sie ihren Ruf riskiert hat, um mit ihm gemeinsam auf eine Geschäftsreise zu gehen, hatte ihn mehr als stutzig gemacht. Doch ihr Verhalten jetzt bleibt ihm völlig rätselhaft. Die naheliegendste Erklärung wäre natürlich, dass sie sich, unsterblich in ihn verliebt, für ihn aufopfert. Doch trotz seiner Überzeugung, stets anziehend auf Frauen zu wirken, kann er aus irgendeinem geheimnisvollen Grunde gerade bei ihr nicht daran glauben. Aber was könnte dann ihr Motiv sein? Ist es Abenteuerlust, die Sehnsucht nach Abwechslung, nach einem neuen, aufregenderen Leben? Er weiß keine Antwort.

„Und wo werden Sie schlafen, ohne das Risiko einzugehen, dass irgendeiner der Männer über Sie herfällt?" „Hier, bei dir." Jetzt verschlägt es Tom endgültig die Sprache. Nur äußerst mühsam bringt er schließlich über die Lippen: „Habe ich richtig gehört, Sie wollen diese kleine, enge Kammer hier mit mir teilen?" Dabei macht er ein so verblüfftes Gesicht, dass sie laut Lachen muss. „Was soll denn die Mannschaft denken?" „Natürlich halten sie mich für deine Gespielin! Das ist der erfolgversprechendste Weg, mich vor Annäherungsversuchen der Männer zu schützen." „Das kommt überhaupt nicht infrage. Sie gehen sofort von Bord und fliegen zurück nach Singapur!"

„Zu spät! Unser Leben hat sich bereits tief verändert. Es gibt für uns beide kein Zurück mehr!" Auf seinen fragenden Blick hin fügt sie mit heiserer Stimme hinzu: „Das Schiff hat längst abgelegt." Erschrocken sieht er durch das kleine Bullauge. Tatsächlich haben sie den Hafen bereits verlassen, ohne dass er es in seiner Erregung über Yinis Entscheidung gemerkt hat. So bleibt ihm nichts anderes übrig, als sich resigniert den Gegebenheiten zu fügen.

Die Unterkunft ist äußerst spartanisch. In der winzigen Kammer gibt es zwei schmale Kojen übereinander. Vor einem Bullauge hat man eine Ablage angebracht. An der gegenüberliegenden Wand hat gerade noch ein kleines verrostetes Waschbecken Platz. Daneben sind ein paar Nägel in die Wand geschlagen, an denen sie ihre Sachen aufhängen können. Als Tom den Wasserhahn aufdreht, läuft nur ein schwaches Rinnsal aus dem Rohr, das kurz darauf ganz versiegt. Küchenschaben huschen über den Boden. Er vermutet, dass auch in der Bettwäsche alles Mögliche an Ungeziefer gierig auf sie wartet. Obwohl die See recht ruhig ist und das Schiff sich wenig bewegt, knarrt es an allen Ecken und Enden so, als würde es jeden Moment auseinanderbrechen. Schweißgebadet verlassen sie das unerträgliche Loch. Die einzigen Orte, an denen es sich aushalten lässt, sind das Oberdeck und die Brücke.

Vor ihnen erstreckt sich die glatte Fläche der leeren See. Regenwolken am Himmel färben die Wasserfläche grau. In der Ferne wird das Grau immer dunkler. Fast schwarz setzt es sich schließlich am Horizont in scharfem Kontrast von dem weißgrauen Himmel ab. Eine leichte Brise reicht gerade dazu aus, das Segel zu füllen und das Schiff langsam aber stetig voranzutreiben. Tom und Yini stehen an der Reling und sieschmiegt sich demonstrativ so eng an ihn, dass es jeder Mann an Deck bemerken muss. Er lässt es geschehen. Der Anstand muss nicht mehr gewahrt werden. Im Gegenteil. Ihr schamloses Verhalten entspricht offenbar den Erwartungen seiner neuen Umgebung. Je brutaler er selbst dabei auftritt, desto weniger wagt sich vermutlich jemand an sie heran. Rücksichtslosigkeit ist in dieser archaischen Gesellschaft plötzlich nicht mehr verachtenswert, sondern dient ihrer Sicherheit.

Wie alles an Bord ist auch das Essen spärlich. Die Köchin gibt sich zwar alle Mühe, es möglichst schmackhaft zuzubereiten, doch es fehlt ihr an allem und jedem. Ohne sich zu beklagen, erledigt sie routiniert ihre Aufgaben, stets schweigsam und mit ausdruckslosem Gesicht. Ganz anders ihre junge Gehilfin. Nachdem sie die beiden Passagiere neugierig gemustert hat, verwickelt sie sie schnell in ein munteres Gespräch. Dabei versucht sie herauszufinden, in welcher Beziehung Tom zu der Chinesin steht. Er scheint ihr wohl besonders zu gefallen. Zweifellos ist auch Tom von ihr und ihrer Schönheit beeindruckt.

Es dauert nicht lange, bis Yini das merkt und höchst wachsam beobachtet. Nach dem Abendessen wieder zurück in ihrer Kammer, versucht sie unverblümt ihre Position abzusichern. Zu Toms großer Überraschung hat sie keinerlei Problem mit der ungewöhnlichen Situation umzugehen. Während er noch angestrengt überlegt, wie er sich, einen Rest von Sittsamkeit wahrend, umziehen und in seine Koje kommen kann, steht seine einst zurückhaltende, schamhaft und prüde wirkende Assistentin schon nackt und kokett vor ihm. Ehe er richtig begreift, was geschieht, fällt sie ihm hemmungslos um den Hals und küsst ihn innig. Moralische Grenzen haben für sie ihre Gültigkeit verloren. „Ich hoffe, ich gefalle dir? Oder etwa nicht? Die ganze Besatzung wird dich jedenfalls beneiden." Als sie dreist und ungeniert beginnt, auch ihn auszuziehen, bremst er sie ab. „Lass uns doch etwas Zeit, um uns an unsere neuen Lebensumstände zu gewöhnen." Erregt, und ohne es zu merken, ist nun auch er zum Du übergegangen. Obwohl er dabei ist, mit allen Gesetzen seines bisherigen Lebens zu brechen, fühlt er sich von ihrem Drängen dennoch überfordert. Noch immer sieht er sich zu sehr als ihren Chef und in ihr seine bislang distanzierte, seriöse Mitarbeiterin, um sie nun als frivole Abenteurerin akzeptieren zu können. Aufgewühlt und verwirrt verlässt er fluchtartig die Kammer.

Das Meer liegt friedlich im Mondschein. Noch immer schwer atmend, starrt Tom in die Nacht. Soweit er blicken kann, ist kein Land mehr zu sehen. Nirgends gibt es ein Licht. Um ihn herum nur Wasser, Wasser, Wasser. Einsam zieht das Schiff seine Bahn durch die leere See. Es verliert sich dort im Nichts. Ihm wird auf einmal bewusst, dass er in einem von der Außenwelt abgeschnittenen, für ihn völlig fremden Mikrokosmos gefangen ist. Irgendwo weit hinter dem Horizont sind nicht nur die umliegenden Inseln versunken, sondern auch die Welt, in der er bisher gelebt hat. Er weiß nicht mehr, was dort geschieht, kann niemanden mehr erreichen, ist für niemand mehr erreichbar. Kein Internet mehr, das Handy ist tot. Er ist weg.

Sein Blick schweift über das Deck des alten, asiatischen Lastenseglers. Auf den hölzernen, an vielen Stellen morschen Decksaufbauten ist die Farbe abgeblättert und gibt die Reste verschiedenster Voranstriche preis. Winschen, Ankerkette und andere Teile aus Stahl, Messing oder Bronze sind so verrostet oder korrodiert, dass man sich fragt, ob sie überhaupt noch nutzbar sind. Die Persenning auf einem Rettungsboot ist zerfetzt. Zahllose Leinen liegen wirr auf den verwitterten Decksplanken herum. Man hat sich nur bei den notwendigsten von ihnen die Mühe gemacht, sie aufzuschießen und auf die Nagelbänke[9] zu hängen. An den Masten blähen sich an zahllosen Stellen notdürftig geflickte Segel. Tom hat das Gefühl als habe man ihn auf ein verrottetes Geisterschiff aus einer längst vergangenen Zeit entführt.

Wieder stellt er erstaunt fest, dass es auch in der globalisierten Welt noch immer Lebensräume gibt, in denen unverändert völlig andere, ihm unbekannte und längst für verschollen gehaltene Gesetze und Wertmaßstäbe gelten. Von seinem eleganten Büro mit der Glaswand, den noblen Restaurants, exklusiven Lounges, feinen Luxushotels, teuren Klubs sind nur noch Erinnerungen geblieben. Der modische Markenanzug, die wertvolle Uhr und was immer er sonst noch als Statussymbol und Erfolgs-

---

9 Vorrichtung an der Bordwand, um aufgewickelte Leinen der Takelage daran aufzuhängen.

nachweis vorzuzeigen hat, all das ist plötzlich wertlos. Kunden, Kollegen, Mitarbeiter, Freunde und Bekannte oder wer sonst noch zu seinem Publikum gehörte, dem er damit imponieren konnte, sind verschwunden. Hier gibt es niemand, von denen er deshalb bewundert oder beneidet wird. Die Leute der Besatzung, vor denen er nun auftritt, können mit all dem genauso wenig anfangen, wie mit seinen akademischen Würden, seiner hierarchischen Stellung oder anderen seiner Machtinsignien. Für diese Menschen ist Tom ein Geist aus einem fernen unbekannten Universum. Alles, was er kann, alles, was er weiß, alles, was er besitzt, erscheint ihnen nutzlos und ist es hier wohl auch. Einzig mit dem Smartphone wären sie zu faszinieren, doch selbst damit könnten sie in den entlegenen Gebieten, durch die sie fahren, meist nicht viel anfangen.

Die Mannschaft besteht aus einem bunten Völkergemisch von verschiedenen Inseln, Malaien, Dajaks[10] , Philippinos. Auch zwei Bugis[11] sind darunter. Außer dem Rudergänger sind sie zu dieser Stunde längst unter Deck verschwunden. Einige von ihnen hocken noch zwischen Kisten und Säcken auf vor Schmutz starrenden Bastmatten und spielen Karten. Es wird fast nicht geredet. Nur das Schiff knarrt und knackt furchterregend. Geldscheine wechseln nach jedem Spiel ihren Eigentümer. Das trübe Licht einer von der Decke hängenden Funzel reicht

---

10 Ureinwohner auf Borneo
11 Moslemische Küstenbewohner arabischer Abstammung auf Sulawesi,

gerade aus, um darunter noch die Karten erkennen zu können. Die Leute selbst sind mehr zu erahnen, als zu sehen. Nur wenn der Lichtschein der mit den Bewegungen des Schiffs pendelnden Lampe auf sie trifft, werden ihre angespannten Gesichter einen Moment lang sichtbar, um gleich wieder von der Dunkelheit des Raums verschluckt zu werden. Eine gespenstisch wirkende Szene.

Die Bugis haben sich nach einem hingebungsvollen Abendgebet irgendwo zum Schlafen verkrochen. Rauchschwaden wabern durch den Raum. Etwas abseits der Kartenspieler, halb verborgen zwischen Säcken und Kisten, hantiert ein Mann mit seltsamen Utensilien auf einer kleinen Flamme. Sein nur mit einem Lendenschurz bekleideter Körper ist bis auf das Skelett abgemagert und lässt den Kopf unnatürlich groß erscheinen. Zigarettenqualm mischt sich mit dem unverkennbaren Geruch von Opium.

Alles um ihn herum erscheint Tom unwirklich, flüchtige Fantasiegebilde, die jeden Augenblick wie Seifenblasen zerplatzen werden. Doch je länger er an Bord der Buana Tua in See ist, desto mehr wandeln sich diese Empfindungen. Zunehmend wächst stattdessen die Überzeugung, dass vieles, was ihm bislang wichtig erschien und worauf er stolz gewesen ist, nicht nur in weite Ferne gerückt ist, sondern nunmehr dabei ist, seine Bedeutung endgültig zu verlieren. Gewichtungen und Werte, die in der Vergangenheit sein Leben bestimmt haben, scheinen ihm auf einmal fragwürdig, alles Gegenwärtige anders und alles Zukünftige ungewiss geworden zu sein.

„Unser Leben hat sich tief verändert. Es gibt für uns beide kein Zurück mehr", hatte seine Assistentin Yini ihre Situation beschrieben, als das Schiff ausgelaufen ist. Zweifellos ist diese Reise sowohl für Yini als auch für Tom keine Reise, wie andere auch. Sie ist sicher kein Abenteuerurlaub, wie man ihn aus Neugier, Sehnsüchten, Überdruss, oder Angeberei antritt. Wie Yini ist auch Tom davon überzeugt, mit dieser Reise aus seinem bisherigen Leben ausgestiegen zu sein und alles Gewohnte hinter sich gelassen zu haben.

Javasee

Tage sind vergangen. Tom beginnt sich an die neue Umgebung, die Bewegungen des Schiffs und die See zu gewöhnen. Nur zu der Besatzung findet er noch immer keinen Zugang. Auch wenn er nicht so recht weiß, worüber er mit den gänzlich fremden, manche auf ihn sogar archaisch wirkenden Männern eigentlich sprechen kann. Doch er will Yinis Rat, sich nicht nur um Leute aus seinen Kreisen zu kümmern, befolgen. Seit kein Land mehr zu sehen ist, sucht er außerdem händeringend nach einer sinnvollen Beschäftigung, denn zwischen den Mahlzeiten hat er stundenlang nichts zu tun. Doch die Männer weichen ihm aus. Er spürt deutlich, dass nicht nur fehlende Englischkenntnisse der Grund dafür sind. Der kulturelle Graben zwischen ihrer Welt und der von Tom ist einfach zu groß. Einige begegnen Tom sogar noch immer mit den gleichen feindseligen Blicken wie schon als er an Bord kam. So gibt er es zunächst auf und beobachtet lieber mehrere Delfine, die dem Schiff folgen. Immer wieder gleiten sie mit eleganten Sprüngen aus dem Wasser und zeigen ihre prächtigen, silberglitzernden Körper, um gleich darauf wieder abzutauchen. Als er sie eifrig mit seinem Handy fotografiert, gesellt sich schließlich doch einer der jüngeren Männer der Besatzung zu ihm. „Hello Mister! Mich Jimmy". Fasziniert von Toms Smartphone, lässt er sich zeigen, was man damit alles machen kann. Zwei weitere seiner Kameraden kommen nun neugierig dazu, bleiben aber schweigend auf Abstand. „Ding gut für Fotos von Familie machen. Besonders Fotos von Totenfeier für Großmutter. Hundert Gäste, zweihundert Gäste. Gut Foto zu haben. Sie alle viele Tiere als Geschenk mitbringen. Viele Tage wir feiern, trinken, essen und essen." Lachend zeigt er dann auf einen gedrungenen, grobschlächtigen und besonders dunkelhäutigen Mann, der alleine auf dem Vordeck sitzt. „Aber wir nicht essen Menschen wie Cannibal dort." Tom macht ein erstauntes Gesicht. „Was meinst du damit?" Wieder lacht der Mann. „Cannibal nicht richtiger Name. Wir geben ihm Name Cannibal. Er Bataker[12] aus Sumatra. Bataker Menschenfresser." Der Mann ist Tom schon zuvor aufgefallen. Seine archaischen Gesichtszüge geben ihm etwas Finsteres, Unheimliches, Furchterregendes. Die Augen scheinen gefühlskalt. Obwohl er eher klein ist, wirkt er ganz besonders gefährlich und abschreckend. Immer wieder beobachtet er sein Umfeld mit misstrauischen, wilden Blicken wie ein gejagtes Tier. Jederzeit bereit zum Angriff. Er geht stets ernst und schweigsam seine eigenen Wege. Von den anderen wird er ganz offensichtlich geschnitten. Tom wundert das nicht, da er tatsächlich so aussieht, wie man sich einen Kannibalen vorstellt.

Am nächsten Tag ist Toms Smartphone verschwunden. Wütend sucht er Jimmy. Doch der schwört, dass er nichts damit zu tun habe, und warnt Tom erzürnt davor, ihn weiterhin als Dieb zu beschuldigen. Als Tom Anjing von dem Vorfall berichtet, zuckt der nur mit den Schultern. „Selber schuld. Wie können Sie den Männern das Ding zeigen und auch noch vorführen? Aber Diebstahl an Bord, wo

---

12 Volksstamm aus dem Norden Sumatras

man so eng zusammenleben muss, ist schlimm. Ich werde der Sache nachgehen müssen." Als Tom am nächsten Tag auf die Brücke kommt, gibt Anjing ihm wortlos sein Smartphone. Überrascht nimmt Tom es wieder an sich. „Wer hat es gestohlen?" „Das überlassen Sie mir." „Wie haben Sie den Dieb dazu gebracht, das Gerät wieder zurückzugeben?" „Er konnte ohnehin hier nichts mehr damit anfangen, denn die Batterie ist leer." „Was mag der damit gemacht haben? Ohne Passwort konnte er es doch nicht öffnen." „Sind Sie sicher, dass man Sie nicht bei der Eingabe des Passwortes beobachtet hat?" „Aber wie sollen diese Leute wissen, wie man damit umgeht?" Sichtlich verärgert reagiert Anjing auf Toms abfälligen Ton. „Unterschätzen Sie diese Leute nicht. Auch wenn sie noch in der Vergangenheit zu leben scheinen, haben sie oft durchaus weit mehr Sinn für die Gegenwart und Zukunft, als wir meinen." „Und was geschieht nun mit dem Dieb?" „Ich werde ihn in Makassar der Polizei übergeben müssen. Kein angenehmer Ort, um dort im Knast zu sitzen. Doch nur so kann ich das friedliche Zusammenleben der Besatzung weiter sicherstellen."

Spät am Abend steht Tom wieder alleine an der Reling und blickt auf das friedliche Meer, als ihn ein leises Geräusch aus seinen Gedanken reißt. Er versucht auszumachen, woher es gekommen sein kann, doch nirgends ist jemand zu sehen. Dennoch fühlt er sich auf einmal nicht nur beobachtet, sondern sogar bedroht. Glaubt er jetzt schon an Gespenster? Er überlegt, ob er lieber auf die Brücke oder in seine Kammer gehen sollte. Verärgert über sich selbst verwirft er den Gedanken sofort wieder.

Er wird doch nicht aus Furcht vor einem Phantom flüchten. Angespannt lauscht er in die Nacht. Die Segel sind geborgen und das monotone Tuckern des alten Schiffsdiesels übertönt das Rauschen des Wassers am Bug. Aufkommender Wind zerrt an einer Persenning in seiner Nähe. Irgendetwas fällt um und rollt über das Deck. Doch dann hört er wieder ganz deutlich Geräusche, die nicht von Wind und Meer stammen. Es klingt, als würde eine Tür oder Luke langsam und vorsichtig geöffnet. Vergeblich starrt er in die Finsternis. Eine Weile vergeht. Plötzlich stolpert jemand hinter ihm über ein Hindernis. Tom fährt herum und meint zu sehen, wie sich eine Gestalt rasch im Schatten des Beibootes verbirgt. Bevor er mehr erkennen kann, wird er mit großer Wucht zur Seite geschleudert und schlägt hart auf das Deck. Ein Messer fliegt unmittelbar an seinem Kopf vorbei und dringt tief in die Holzwand der Aufbauten ein.

Fassungslos starrt er auf das noch immer vibrierende Messer. Erst jetzt bemerkt er, dass neben ihm ein kleiner, gedrungener, dunkelhäutiger Mann steht. Er war es, der ihn im letzten Moment umgestoßen und vor einer schweren Verletzung, vielleicht sogar dem Tode bewahrt hat. „Cannibal?" „Nein, Lucas." Zweifellos hat Tom den unheimlichen Mann vor sich, den die anderen scherzhaft Cannibal nennen. Noch immer wie gelähmt bleibt Tom reglos auf dem Boden sitzen. Nachdem sich Lucas vergewissert hat, dass sich niemand mehr an Deck verborgen hat, hockt er sich neben ihn. Ungläubig mustert Tom seinen Retter. Blass vor Schreck und mit zitternder Stimme bringt er endlich ein paar Worte über die Lippen. „Danke, dass du mich vor dem Messer bewahrt hast, Lucas. Weißt du. wer es geworfen hat und warum?" „Wut. Rache. Niemand geht gerne in ein...wie sagt ihr? Ach ja, Gefängnis." Zu Toms Verwunderung gebraucht er dabei das deutsche Wort. „Wo hast du das gelernt?" „Mein Großvater konnte Deutsch. Er ist in eine Schule der Rheinischen Missionsgesellschaft in Sumatra gegangen. Leider ist die Sprache in meiner Familie verloren gegangen. Schon mein Vater kannte außer -'Guten Tag, ich bin evangelisch' - nur noch wenige Worte Deutsch. Und ich habe Englisch gelernt. Mein Großvater hat aber manches von den deutschen Missionaren übernommen und an uns weitergegeben. Übrigens sind wir keine Kannibalen mehr." Es ist das erste Mal, dass Tom nun ein Lächeln auf seinen Lippen zu erkennen glaubt. „Allerdings erzählte mir mein Großvater davon, dass zu seiner Jugendzeit einige unserer Datus, unserer Medizinmänner, tatsächlich noch Rituale mit Fleischstücken toter Feinde zelebrierten. Er beschrieb es so, wie ihr bei eurem Abendmahl etwas vom Leib Christi esst. Sie glaubten, so die Kraft des Gegners auf sich übertragen zu können. Die Missionare taten natürlich alles, um diese Gebräuche auszurotten."

„Warum bist du von zu Hause weggegangen und hast dich dazu entschieden, unter solchen rauen Gesellen hier zur See zu fahren?" „Ich hatte es satt, mit anzusehen, wie immer mehr Fremde unsere Traditionen zerstörten und unser Leben bestimmten. Den meisten Einwohnern in meinem Dorf geht es jetzt nur noch um Geld. Als meine Familie entdeckte, dass die Touristen bereitwillig dafür bezahlten, wurde ich auch noch dazu gedrängt, als

„Wilder" für sie Modell zu stehen." Überrascht und erstaunt hört Tom ihm zu. Lucas spricht gut Englisch und im Gespräch gibt er deutlich zu erkennen, dass er den anderen Besatzungsmitgliedern in vieler Hinsicht weit überlegen zu sein scheint. „Und die Männer hier an Bord? Lebst du lieber mit ihnen?" „Glaube mir, es ist besser von denen verspottet, aber auch gefürchtet zu werden, als schaulustigen Urlaubern als Kuriosum aus vergangenen Zeiten vorgeführt zu werden."

Lucas wechselt nun das Thema. „Ich hoffe, dass wir in Kürze in einen Hafen einlaufen und der Dieb von Bord geschafft wird. Sie haben mit ihm wohl noch nichts zu tun gehabt und kennen ihn nicht. Ein besonders brutaler Typ, zu allem fähig. Viele werden froh sein, wenn er endlich verschwindet. Aber er hat auch ein paar dubiose Freunde auf dem Schiff. Er stand schon oft im Verdacht gestohlen zu haben. Anjing hat es bislang nicht für nötig gehalten, ihn irgendwo einzusperren. Ich fürchte, auch wenn der Skipper von dem Mordanschlag auf dich erfährt, wird er das nicht ändern. Bis der Verbrecher weg ist, musst du daher sehr vorsichtig sein."

Tom beschließt, die Nacht nicht in seiner Kammer zu verbringen. Yini kann ihm im Zweifel nicht helfen. Lieber bleibt er bei dem Rudergänger auf der Brücke. Zumindest kann er davon ausgehen, dass der nicht schläft. Dort auf einem Sitz am Kartentisch fühlt er sich am sichersten. Der Versuch, sich durch ein Gespräch auch selbst wach zu halten, scheitert allerdings. Todmüde nickt er ein. Irgendetwas weckt ihn aber schnell wieder auf. Sein Mörder? Mit einem Schrei richtet er sich ruckartig auf. Erschrocken dreht sich der Rudergänger um. „Was ist los?" „Schon gut, es ist nichts. Ich habe nur geträumt", beruhigt ihn Tom und sieht sich vorsichtig um. Verwundert stellt er dabei fest, dass auch Lucas sein Nachtlager in seine Nähe verlegt hat. Offenbar verdankt Tom längst verstorbenen deutschen Missionaren einen Schutzengel. Noch dazu einen, den er vor Kurzem noch für einen grausamen Kannibalen gehalten hat. Wie man sich in den Menschen irren kann. Beruhigt schläft er wieder ein. Doch er findet keine Ruhe. Nun träumt er von Kannibalen auf einer endlos langen Totenfeier, bis Anjing auf die Brücke poltert und ihn weckt.

Im Morgennebel kommt Land in Sicht. Sulawesi! Anjing setzt sein Fernglas ab und weist mit einer Kopfbewegung dorthin. „In zwei, drei Stunden werden wir Makassar erreicht haben." Die Küste kommt langsam näher. Es vergeht eine Stunde, dann sind die Gebäude der kleinen Hafenstadt deutlich zu erkennen. Rasch wachsen sie zu ihrer wirklichen Größe. Bäume, Autos, Menschen. Schließlich läuft die Pinisi im Hafen ein und geht an einer baufälligen Pier längsseits. Die Leinen werden dort wartenden Männern zugeworfen. Wenig später hat das Schiff festgemacht.

Tom hatte ein buntes Hafengewusel erwartet, doch man hat ihnen wohl einen Liegeplatz weit entfernt vom Zentrum des Geschehens zugewiesen. Außer den Männern an den Leinen und einem Zollbeamten warten nur zwei Polizisten auf der Pier, um den per Funk angekündigten mordlüsternen Dieb zu übernehmen. Sonst ist weit und breit niemand zu sehen.

Routiniert und mit eisernem Griff holen die Beamten den wild gestikulierenden Mann von Bord. Auch als er schon im Streifenwagen sitzt, kann man seine Racheschwüre und Verwünschungen noch hören. „Hoffentlich Fluch nicht trifft Schiff". Ein alter, weißhaariger Mann aus der Besatzung steht neben Anjing. „Kann viel großes Unheil bringen". Mit höchst besorgtem Gesicht hat er die Szene beobachtet. Offenbar von bösen Vorahnungen beherrscht und als bekäme er eine Warnung aus einer anderen Welt, murmelt er noch etwas Unverständliches. Anjing beachtet ihn nicht. Entrückt und mit leeren Augen wendet sich der Alte schließlich ab und schreitet zum Niedergang. „Nicht gut! Nicht gut!" Selbst als er unter Deck verschwunden ist, scheint seine heisere Stimme noch nachzuklingen. „Nicht gut! Nicht gut!"

Für Anjing ist die Sache erledigt. Suchend schaut er sich um. „Wo bleiben denn unsere Leute? Wir sollten hier nicht länger als nötig liegen bleiben. Spätestens heute Abend will ich wieder in See sein." Es dauert eine Weile bis endlich ein Lkw um die Ecke eines etwas weiter entfernten Lagerhauses biegt. Er hält vor dem Schiff, um die für hier bestimmte Fracht aufzunehmen. Ihm folgt ein zweiter. Ein Mann klettert aus dem Fahrzeug. "Da ist er ja endlich. Der Mann dort drüben in den Kaki Hosen mit der schwarzen Baseballkappe ist Ihr Kunde. Ich gehe davon aus, dass Sie sich erst einmal mit ihm zusammensetzen wollen". Verwirrt, als sei er gerade aus einem tiefen Traum erwacht, starrt Tom ihn an und rührt sich nicht. „Oder wollen Sie nicht?" Erst jetzt begreift Tom, dass er angesprochen worden ist. Es kostet ihn ungeheure Überwindung, auf einmal wieder in seine alte Rolle als Chef einer Firma zurückzukehren. Er spürt, wie weit er sich in der kurzen Zeit davon entfernt hat und am liebsten nichts mehr damit zu tun haben will. Er gibt sich einen Ruck. „Ja natürlich." Noch immer nicht ganz bei sich balanciert er über ein schwankendes Brett vom Schiff und springt auf die Pier.

Der Mann mit der Baseballkappe kommt lächelnd auf ihn zu. „Hallo Sie müssen Tom Müller sein." „Ja der bin ich, und Sie sind Jamal Abdillah[13] ?" „Richtig, Ihr Kunde! Herzlich willkommen auf Sulawesi. Schön, dass wir uns persönlich kennenlernen. Ihr Vorgänger war schon lange nicht mehr hier und auch Johan Pieter hat sich schon eine Ewigkeit lang nicht mehr sehen lassen." Tom ist überrascht. Er ist davon ausgegangen, dass Johan Pieter die wichtigsten Plätze in Indonesien regelmäßig auch selbst besucht. Das Büro von Jamal liegt nicht weit vom Hafen entfernt. In einem zweistöckigen Holzhaus mit einem geschwungenen, mit Schnitzereien verziertem Giebel, betreiben Händler im Erdgeschoss ihre Kontore oder Läden. Darüber hat Jamal für seine kleine Firma ein paar bescheidene Räume eingerichtet. Ventilatoren sorgen für einen leichten Luftzug. Wie in Toms Büro in Jakarta halten geschlossene Holzklappen vor den Fenstern die brennenden Sonnenstrahlen ab. Nur wenig Licht dringt durch ihre Schlitze. Selbst in den schattigen Räumen ist es dennoch

---

13 Unter den Moslem an der Küste Sulawesis gebräuchlicher Name arabischer Herkunft

heiß und stickig. Neugierig wird Tom von den dort arbeitenden Leuten gemustert. Nur ganz selten verirrt sich ein Europäer hierher. Bei einem starken Kaffee gehen Tom und Jamal die gemeinsamen Aktivitäten durch. Zögerlich gesteht Jamal, dass er aufgrund der spärlichen persönlichen Kontakte mittlerweile sehr viel mehr von Toms Wettbewerbern kauft. Tom ist kaum bei der Sache und belässt es bei einem vagen Versprechen, dafür zu sorgen, dass seine Leute ihn in Zukunft intensiver betreuen. „Das wäre erfreulich. Warten wir es ab, was Sie erreichen können". Vor der Reise mit der Pinisi hätte Tom Jamal mit kernigen Sätzen klargemacht, dass so etwas in seinem Unternehmen nicht mehr geduldet wird und seine Leute unverzüglich auf Trab gebracht. Vor allem hätte er es aber keinesfalls widerspruchslos hingenommen, dass Jamal unverblümt seine Durchsetzungskraft anzweifelt. Doch nach all den Geschehnissen bleibt ihm nichts anderes übrig, als sich deprimiert einzugestehen, dass er seine Firma tatsächlich nicht unter Kontrolle zu haben scheint.

Als er zur Buana Tua zurückkehrt, trifft er nur auf einen verschlafenen Posten, der auf der Pier vor dem Schiff darauf achten soll, dass kein Unbefugter an Bord geht. Dazu hat er sich einen schattigen Platz gesucht, von dem aus er sehen kann, wenn sich jemand dem Schiff nähert, doch es fällt ihm sichtlich schwer, wach zu bleiben. Von Toms Rückkehr bekommt er jedenfalls nichts mit. An Deck ist weit und breit niemand zu sehen. Flimmernde Hitze macht das Leben zu dieser Tageszeit hier unerträglich. Es ist Mittagspause. Die meisten sind an Land gegangen. Die an Bord Gebliebenen schlafen wohl irgendwo unter Deck.

Auch der Skipper und Yini sind nirgends zu finden. Yini wollte gerne etwas in der Stadt besorgen. Da Jamal gut Englisch spricht, hatte Tom sie nicht benötigt. Vermutlich hat der Skipper sie begleitet und sie sitzen in einem Restaurant, um endlich wieder einmal etwas anderes als die Schiffsverpflegung zu genießen.

Die Ladeluken des Schiffs stehen offen und Tom wirft einen Blick hinunter in den Frachtraum. Neben den Kisten mit der Aufschrift seiner Firma fallen ihm noch eine Reihe anderer auf, die alle durch ein breites Band mit chinesischen Schriftzeichen markiert sind. Offenbar handelt es sich hier um Ladung von einem anderen Auftraggeber. Dennoch überrascht ihn, dass diese Kisten äußerlich und in ihrer Form und Farbgebung genau denen seiner Firma gleichen. Neugierig geworden, und nachdem er sich noch einmal versichert hat, dass niemand in der Nähe ist, klettert er in den Laderaum hinunter und betrachtet sich die Kisten aus der Nähe. Er muss nicht lange suchen bis er unter den chinesischen Aufklebern Reste seines Firmennamens findet. Tom ist jetzt hellwach. Vorsichtig öffnet er eine der Kisten. Sie ist voller elektronischer Teile, die in durchsichtigen Plastikhüllen stecken. Ihm stockt der Atem. Auch wenn die Originalverpackungen entfernt worden sind, handelt es sich zweifelsfrei um Produkte seiner Firma. Seine Befürchtungen haben sich bestätigt. Er hat nun die Gewissheit, dass es sich hier tatsächlich um Produkte handelt, die der strikten Exportkontrolle unterliegen und weder nach Indonesien noch nach Manila gebracht werden dürften. Ihr ursprünglicher Bestimmungsort konnte in diesem Teil der Welt eigentlich nur in Japan liegen. Irgendwo auf dem Weg dorthin muss jemand diese Waren abgefangen, mit den Aufklebern der fremden Firma versehen und nach Jakarta umgeleitet haben. Unter dem Namen des vermeintlich neuen Lieferanten sind sie schließlich für die Weiterreise auf der Buana Tua gelandet. Vermutlich hat man dafür neue Ladepapiere beschafft. Auch wenn damit die fremde Firma der maßgebliche Akteur zu sein scheint, ist es sicher kein Zufall, dass die Schmuggelware auf demselben Schiff wie die legale Fracht seiner Firma transportiert wird. Zweifellos sind einige von Toms eigenen Leute intensiv an der Organisation dieser Geschäfte beteiligt. Anders wäre eine solche Aktion gar nicht möglich. Sie haben das Unternehmen und ihn damit nicht nur hintergangen, sondern vermutlich auch tief in die kriminellen Machenschaften verwickelt. Aufgeregt greift er zu seinem Handy und macht mit zitternden Händen ein paar Fotos. Hastig verschließt er die Kiste so gut er kann, und beeilt sich, aus dem Laderaum zu verschwinden.

Gerade rechtzeitig ist er wieder an Deck, als der Skipper und Yini wie vermutet vom Essen zurückkommen. „Wie war es? Ganz schön heiß heute, was? Wo habt ihr gegessen?" Sorgsam darauf bedacht, sich von seiner Entdeckung nichts anmerken zu lassen, behält Tom dennoch die Ladeluken fest im Auge. Die Besatzung arbeitet jetzt wieder eifrig weiter bis alle, für Makassar vorgesehene Fracht gelöscht ist. Die Ladeluken werden verschlossen. Von den Kisten mit der chinesischen Aufschrift ist hier keine entladen worden. Sie müssen also für Kalimantan oder Manila vorgesehen sein.

Tom überlegt, was er tun soll. Er weiß jetzt zwar, dass tatsächlich Schmuggelware an Bord ist, doch das ist auch schon alles. Bislang kennt er weder die Zielorte noch die Drahtzieher, nicht einmal einen Helfer. Er beschließt daher, zunächst erst einmal abzuwarten und weiter zu beobachten, was geschieht. Jetzt schon etwas zu unternehmen wäre viel zu früh. Schon gar nicht sollte er das im Alleingang tun. Seitdem er das Schmuggelgut mit eigenen Augen gesehen und in der Hand gehabt hat, haben sich nicht nur Gerüchte und Vermutungen bestätigt. Vor allem ist ihm dabei plötzlich erst wirklich bewusst geworden, dass er sich mit seinen Nachforschungen in große Gefahr begibt. Hier geht es nicht um harmlose Betrügereien einiger seiner Mitarbeiter. Vielmehr hat er es mit professionellen Verbrechern zu tun, von denen er nicht weiß, wozu sie fähig sind. Wer immer dahintersteht wird skrupellos alles tun, um sich und das Geschäft zu schützen.

Entgegen der Ankündigung des Skippers, noch am Abend auszulaufen, sind er und einige seiner Besatzungsmitglieder noch einmal an Land gegangen. Um das Schiff herum ist es jetzt einsam und stockdunkel. Nur am entfernten Ende der Pier sind eine Reihe von roten Leuchtreklamen zu sehen. Vergeblich bemüht er sich etwas mehr von dort zu erkennen. Yini tritt zu ihm an die Reling. „Dort gibt es offenbar ein paar Bars oder Nachtklubs, die sich die Besatzung nicht entgehen lassen will. Jedenfalls hatte mir der Skipper das angedeutet, als wir heute Mittag in der Stadt waren. Ich fürchte, wir werden somit wohl doch erst morgen früh loskommen." Tom verspürt große

Lust, auch noch einmal an Land zu gehen. „Was hältst du davon, wenn wir uns dort auch ein wenig umsehen? Auf dem engen Schiff werden wir noch lange genug sein." Er merkt, dass Yini ein wenig zögert. „Oder meinst du, das ist jetzt bei Dunkelheit zu riskant?" „Nicht riskanter als in solchen Gegenden in anderen Häfen auch. Aber warum nicht. Vermutlich wird man mich dort als ein Flittchen betrachten, das sich einen Ausländer als Kunden geangelt hat." Sie zuckt mit den Schultern und schenkt Tom wieder ihr anzügliches Lächeln. „Aber was soll's, das tut die Besatzung bei uns an Bord auch."

Die Lichter haben von Weitem viel mehr versprochen, als es dort tatsächlich gibt. Enttäuscht finden sie nur drei oder vier höchst dubiose Kneipen halb versteckt im Erdgeschoss eines verwinkelten und heruntergekommenen Gebäudekomplexes. Im oberen Stockwerk bieten Frauen den Seeleuten ihre Dienste an. Da sie nun schon einmal bis hierhergelaufen sind, drängt Tom, dazu in einer der Kaschemmen etwas zu trinken. Als er die Tür öffnet, schlägt ihm eine von Alkohol und Schweiß geschwängerte Dunstwolke entgegen. Zwei altersschwache Ventilatoren an der Decke sind restlos überfordert, und kaum zu spüren. Eine Klimaanlage gibt es nicht. Im Halbdunkel erkennt er überraschte Gesichter, die sie eingehend mustern. Tom ist weit und breit der einzige Europäer. Außerdem ist an seiner Kleidung, seiner gepflegten Erscheinung und seinem Verhalten sofort sichtbar, dass er nicht in diese Umgebung gehört. Der eine oder andere der Leute verfolgt ihn daher mit misstrauischer oder gar abweisender Miene. Ohne sich darum zu kümmern, strebt

Tom an die Theke. Yini folgt ihm ergeben. Nachdem er etwas bestellt hat, sieht er sich forschend um. In einem schäbigen kleinen Raum stehen ein paar zerschlissene Sofas. An der Rückwand führt, etwas versteckt hinter einer Bambuswand, offenbar eine Treppe in das Obergeschoss. Abenteuerliche Gestalten unterschiedlichster Hautfarben und Nationalitäten bilden das Publikum. Nur wenige Büroangestellte finden den Weg hierher. Die meisten Gäste sind Besatzungsmitglieder von den im Hafen liegenden Schiffen. Einige wenige von ihnen tragen westliche Kleidung, die Mehrzahl von ihnen sind dem traditionellen und in der ganzen Region üblichen Sarong[14] treu geblieben. Je nach Herkunft oder Religion findet man die unterschiedlichen Kopfbedeckungen. Bei der spärlichen Beleuchtung sind ihre dunklen Gesichter nur schwer zu erkennen. In temperamentvollen Gesprächen miteinander blitzen immer wieder weiße Zähne oder das Weiß in rollenden Augen auf. Andere stieren schweigend und der Welt entrückt auf ihren Drink. Ein besonders auffällig tätowierter Muskelmann spielt mit seinem Klappmesser. Zwei grell geschminkte und übertrieben aufreizend gekleidete Frauen umgarnen die Gäste. Ihre feindseligen Blicke auf Yini bestätigen deren Vermutung, hier als fremde und unliebsame Konkurrentin angesehen zu werden.

Schließlich steht einer der Männer auf und kommt schwankend auf Yini zu. Er spricht sie auf Indonesisch an.

---

14 Rockartiges, traditionelles Gewand

Tom beachtet er überhaupt nicht. Auch ohne Sprachkenntnisse ist klar, dass er sie in rüder Weise dazu auffordert, hier zu verschwinden und ihre Kunden anderswo zu betreuen. In der Kneipe ist es auf einmal totenstill. Alle warten darauf, was nun geschieht. Yini drückt sich enger an Tom und tut so, als habe sie den Mann noch gar nicht wahrgenommen. Wieder fährt er sie mit lauter, lallender Stimme an. Offensichtlich ist er stark angetrunken. Als sie sich noch immer nicht rührt, greift er in ihr langes Haar und zerrt sie von ihrem Barhocker. Ehe er sich versieht, ist Tom aufgesprungen und versetzt ihm einen heftigen Schlag mitten ins Gesicht. Überrascht lässt er Yini los. Mit ungläubigem Blick starrt er Tom an. Blut läuft ihm aus der Nase. „Lass uns schnell von hier verschwinden", raunt Yini Tom zu.

Doch dazu ist es jetzt schon zu spät. Zwei andere Männer erheben sich und kommen drohend auf Tom zu. Einer von ihnen hat plötzlich ein Messer in der Hand. Als er auf Tom losgehen will, stellt sich Yini ihm in den Weg. Selbstbewusst und scheinbar furchtlos spricht sie ihn auf Indonesisch zunächst in herausforderndem, dann verführerischem Ton an. Tatenlos muss Tom zusehen, wie sie nun wie eine vulgäre Hure die Aufmerksamkeit des Mannes auf sich lenkt. Irritiert lässt der sein Messer prompt sinken und starrt gierig in den ihm dargebotenen, tiefen Ausschnitt. Gerade als er nach Yini greifen will, kommt jemand die Treppe hinter der Bambuswand herunter. Zu seiner gewaltigen Erleichterung erkennt Tom Anjing mit einer Begleiterin im Arm. Anjing erfasst die Situation schnell und nach ein paar offenbar scherzhaften

Erklärungen lassen die Männer tatsächlich von Tom und Yini ab. Anjing verabschiedet sich von seiner Begleiterin und drängt Tom und Yini eilig aus der Kneipe bevor es sich die Kerle vielleicht doch noch anders überlegen.

„Fast hättest du Yini an die Männer dort abtreten müssen oder ein Messer im Bauch gehabt." Erleichtert folgen Tom und Yini ihm zurück zum Schiff. „Mit solchen Kerlen umzugehen, lernt man in Harvard vermutlich nicht. Ihr hättet euch deshalb lieber einen anderen Ort für den Landgang suchen sollen." Auch wenn Tom sich über die Bemerkung heftig ärgert, ist er Anjing natürlich sehr dankbar. Lange findet er keinen Schlaf. Tief beeindruckt muss er immer wieder an die Kaltblütigkeit denken, mit der Yini reagiert hat, obwohl sie gewusst haben muss, worauf sie sich damit eingelassen hatte. Eine rätselhafte Frau.

Celebessee

Im ersten Morgenlicht läuft das Schiff wieder aus. Mit Kurs auf Kalimantan pflügt es durch die nunmehr aufgewühlte See. Aus schwachem Wind ist im Laufe des Tages eine steife Brise geworden. Auch in den nächsten Tagen muss die Buana Tua gegen schwere See angehen. Gischt verhüllt immer wieder den Bug. Mühsam arbeitet sich Tom über den schwankenden, rutschigen Aufgang zur Brücke vor. Überrascht entdeckt er dort Yini in einem offenbar sehr intensiven Gespräch mit Anjing. Da beide Chinesisch sprechen, hat er natürlich keine Ahnung, worum es geht, doch als sie ihn bemerken, brechen sie ihre Diskussion abrupt ab, als hätten sie etwas vor ihm zu verbergen. „Na, was für Geheimnisse habt ihr denn vor mir?" Sie erwidern sein fröhliches Lachen. „Wir diskutieren gerade darüber, ob das Wetter noch schlechter werden wird." Selbst für Tom ist unübersehbar, dass Anjing seiner Frage ausweicht. Dennoch tut er so, als nähme er ihm die Antwort ab. „Und zu welchem Ergebnis seid ihr gekommen?" Während Anjing irgendeine Wettervorhersage erfindet, überlegt Tom, was die beiden verbinden könnte, um es vor ihm verstecken zu wollen. Hat Anjing vielleicht ein Interesse an ihr? Etwas anderes fällt ihm nicht ein, und er lässt die Sache zunächst auf sich beruhen.

Fasziniert beobachtet er die gleichmäßigen, stampfenden Bewegungen der Buana Tua, ihre vollen Segel und die hohen Wellen, die immer wieder bedrohlich auf sie zurollen. „Wenn der Wind so bleibt und die Dünung nicht höher geht, können wir morgen schon sehr zeitig Samarinda erreichen. Dort gibt es nicht viel auszuladen. Nach wenigen Stunden sollten wir wieder in See sein." Über eine

Seekarte gebeugt, ist Anjing intensiv damit beschäftigt die aktuelle Position einzutragen. „Sie werden dort leider auch keinen Repräsentanten Ihres Kunden treffen können. Wie man mir mitgeteilt hat, sind alle wichtigen Leute aus dem kleinen Unternehmen irgendwo im Inland unterwegs. Aber dort ist sowieso kein großes Geschäft zu machen."

Tom hat noch nie eine Seekarte gesehen und schaut ihm deshalb neugierig über die Schulter. Mürrisch erklärt Anjing ihm, wo sie sich gerade befinden. Dabei zeigt er auf eine Stelle in der Nähe von Samarinda. Tom ist allerdings nicht entgangen, wie er zuvor eine soeben weit davon entfernt eingetragene Position eilig wieder ausradiert hat. Tom benötigt keine große Erfahrung mit Seekarten, um zu erkennen, dass sie an Samarinda längst vorbeigefahren wären, befänden sie sich an dem gerade wieder ausgelöschten Ort. Hatte Anjing sich wirklich geirrt oder macht er ihm etwas vor? Aber warum sollte der Skipper ihm eine falsche Position nennen? Würden sie woanders einlaufen, würde er es doch sofort merken. Ein inneres Gefühl sagt ihm aber, besser nicht nachzufragen, sondern abzuwarten. Als er sich anschickt, die Brücke zu verlassen, atmet Anjing erkennbar auf und sein Gesicht erhellt sich deutlich.

„Heute ist *Captains Night*", verkündet Anjing lauthals und holt nach dem Abendessen alle möglichen Getränke aus seinem Schrank. Die Besatzung ist sofort freudig dabei. Es wird reichlich getrunken und die Stimmung steigt. Yini und die beiden Philippinerinnen haben einen schweren Stand. Auch wenn Anjing dafür sorgt, dass es nicht zu

Übergriffen oder Gewalttätigkeiten wie in der Kneipe in Makassar kommt, müssen sie die anzüglichen Bemerkungen, zotigen Scherze und gierigen Blicke der Männergesellschaft um sich herum ertragen. Doch die Köchin und ihre Helferin sind daran gewöhnt und wissen damit umzugehen. Auch Yini scheint das nicht zu stören. Sie befasst sich ohnehin so intensiv mit Tom, dass sie von allem anderen um sich herum nur wenig mitbekommt. Sie hat sich heute Abend besonders aufreizend gekleidet. Munter prostet sie ihm zu und sorgt ständig dafür, dass er ein volles Glas vor sich hat. Offensichtlich will sie damit endlich seine letzten Hemmungen ihr gegenüber beseitigen. Mit frivolen Bemerkungen passt sie sich an das Umfeld an. Je mehr sie trinkt, desto unverfrorener schmiegt sie sich an ihn. Tom wehrt sich nur noch schwach gegen ihre Zudringlichkeit. Auch auf ihn beginnt der Alkohol seine Wirkung nicht zu verfehlen.

Dennoch ist er noch nüchtern genug, um zu bemerken, wie Mayari, die jüngere der beiden Philippinerinnen, mit schwermütig wirkenden Augen immer wieder zu ihm herübersieht. Irgendetwas an ihm scheint sie intensiv zu beschäftigen. Mal glaubt er Mitleid, mal Zorn in ihrem Gesichtsausdruck zu erkennen. Eine innere Stimme sagt ihm, dass sie ungeduldig auf eine Gelegenheit wartet, mit ihm alleine sprechen zu können. Als er kurz zur Toilette geht, steht Mayari tatsächlich plötzlich vor ihm, um ihn abzufangen. Nachdem sie sich noch einmal versichert hat, dass niemand in der Nähe ist, flüstert sie ihm zu: „Mister Tom, Sie sollten sehr vorsichtig sein, mit wem Sie umgehen." Überrascht will er sie fragen, was sie damit meint.

Da künden Schritte an, dass gleich jemand um die Ecke kommt und sofort ist sie wortlos verschwunden. Verwirrt kehrt er auf seinen Platz zurück. Yini umschlingt wieder seinen Hals und will ihn küssen. Tom weicht ihr aus und schaut sich suchend um. Der Platz, auf dem bislang Mayari gesessen hatte, ist leer. Sollte er geträumt oder schon zu viel getrunken haben? Doch dafür sieht er sie noch immer zu klar vor sich und hat ihre flüsternde Stimme zu deutlich im Ohr. Was mag sie gemeint haben? Wovor wollte sie ihn warnen?

Er leert sein Glas. Zu weiteren Gedanken kommt er nicht mehr. Schamlos hat sich Yini auf seinen Schoss gesetzt und schaut ihn lüstern an. Der Jubel der Männer um sie herum scheint sie keineswegs zu stören, sondern eher zu immer obszöneren Handlungen zu animieren. Dabei drängt sie ihn wieder und wieder zu trinken. Tom ist nicht länger Herr seines Tuns. Auch er wirft nun die letzten moralischen Grundsätze über Bord und zerrt sie gierig in ihre Kammer.

Irgendein fremdes Geräusch weckt ihn auf. Es wird gerade hell. Sein Schädel brummt mörderisch und große Übelkeit plagt ihn. Noch immer stark vom Alkohol benebelt, nimmt er seine einst sittenstrenge und unnahbare Assistentin wahr, die nackt auf ihrer Koje liegt. Ihr sonst stets streng sorgfältig frisiertes Haar klebt wirr und feucht vor Schweiß an ihrem Körper. Stöhnend dreht sie sich um, wacht aber nicht auf, sondern schläft tief und fest ihren Rausch aus. Mühsam klettert er aus seiner Koje, um sich am Waschbecken zu übergeben. Als er beiläufig einen

Blick aus dem Bullauge wirft, wird er fast auf einen Schlag nüchtern. Das Schiff liegt in einem Hafen.

Überzeugt davon, in seiner Trunkenheit Fantasiebilder zu sehen, reibt er sich die Augen und starrt noch einmal hinaus. Doch es gibt keinen Zweifel, die *Pinisi* hat an einer Pier festgemacht. Dahinter erkennt er zahllose, dicht aneinander gedrängte Pfahlbauten vor einer hügeligen Landschaft. Die Geräusche vom Oberdeck lassen ihn jetzt deutlich hören, dass das Schiff eilig be- oder entladen wird. Eigentlich sollte er sofort an Deck gehen und sehen, was da los ist, doch nicht nur sein Zustand verbietet ihm das. Ein Gefühl sagt ihm, dass er sich dort besser nicht blicken lassen sollte. Fieberhaft denkt er darüber nach, wie er dennoch herausfinden kann, was geschieht. Doch bevor er zu irgendeinem klaren Gedanken kommt, hat das Schiff schon wieder abgelegt. Er versucht sich so viel wie möglich von den Bildern zu merken, die im Morgengrauen noch immer nur schemenhaft erkennbar, vor dem Bullauge vorbeiziehen. Zunächst sind es meist kleinere, rostige Schiffe, die ebenfalls im Hafen festgemacht haben oder vor Anker liegen. Erneut folgen armselige Pfahlbauten und Hütten, eine Moschee. Schließlich dicht bewaldete Hügel, die schnell in Morgennebeln versinken. An den Bewegungen des Schiffs spürt er, dass sie wieder auf hoher See sind. Nun kann er ohnehin nichts mehr tun. Mit Mühe und Not erreicht er seine Koje und schläft schnell wieder ein.

Als er erwacht ist er alleine in seiner Kammer. Mühsam erinnert er sich noch an die Geschehnisse der letzten Nacht. Hat er alles nur geträumt? Das Gelage, die wilde

Leidenschaft, der Hafen im Morgengrauen. Verwirrt geht er an Deck. Es ist schon fast Mittag. Grinsend empfängt ihn der Skipper. „Na, heute wohl etwas länger geschlafen. Nach dem lustigen Abend auch kein Fehler. Ich hoffe, es hat Ihnen gefallen?" „Ja, sicherlich" Sein Kopf dröhnt. „Vielleicht ein bisschen zu viel Alkohol." Wieder grinst Anjing. „Und die Weiber ...", fügt er mit Blick auf Yini hinzu, die gerade über das Oberdeck läuft und in der Kombüse verschwindet, vermutlich auf der Suche nach einem starken Kaffee. Tom schaut sich um. Nirgends ist Land zu sehen, nur das strahlend blaue Wasser der tropischen See. „Ich dachte, wir laufen heute Morgen in Samarinda ein?" „Da sind wir längst gewesen. Ich wollte Sie wecken, doch Yini gab mir zu verstehen, dass Sie tief schlafen. Da es in dem abgelegenen Nest ohnehin nichts zu sehen gibt, habe ich Sie schlafen lassen." Tom runzelt die Stirn. Yini hatte doch fest geschlafen, als sie im Hafen lagen. Doch er lässt sich nichts anmerken. „Schade, ich hätte gerne einen kurzen Blick auf die Stadt geworfen, um wenigstens einen Eindruck zu bekommen, wie es dort aussieht." „Tut mir leid. Das konnte ich nicht wissen. Nun sind wir aber schon in der Sulusee auf dem Weg nach Manila." Plötzlich hat er wieder Mayaris besorgtes Gesicht vor Augen, als sie ihn gestern Nacht angesprochen hat. Was hatte sie gesagt? Er sollte vorsichtig sein, mit wem er umgeht. War das eine ernste Warnung oder hatte sie nur einen Vorwand gesucht, sich ihm anzunähern? Wenn sie ihn wirklich warnen wollte, vor wem? Vor Anjing? Und wovor?

Sulusee

Nach dem Abendessen geht Tom wieder an Deck. Der Wind ist deutlich abgeflaut und scheint ganz einzuschlafen. Die Segel beginnen schon zu schlagen15. Lautlos gleitet das Schiff durch die warme Nacht. Der Skipper hat sich noch nicht dazu entschlossen, den alten Diesel anzuwerfen, und so kommt es kaum noch voran. Abfälle, die die Köchin schon vor geraumer Zeit über Bord geworfen hat, schwimmen von der Meeresströmung getrieben unverändert neben der Bordwand. Vorbeiziehende Wolken verschleiern immer wieder für kurze Zeit den Mond. Dennoch glitzert die nur ganz leicht gekräuselte Fläche des sonst fast schwarzen Meeres, als würden dort überall silberne Lichter funkeln. Ein herrlicher Sternenhimmel wölbt sich über die See. Von der Besatzung ist nirgends jemand zu sehen. Nur der Rudergänger auf der Brücke versucht mit großer Mühe, das behäbig vorantreibende Schiff einigermaßen auf Kurs zu halten. Das Gelage der letzten Nacht und der anschließende kurze Hafenaufenthalt im Morgengrauen fordern offensichtlich ihren Tribut. Auch Yini ist in der Kammer verschwunden, um versäumten Schlaf nachzuholen.

Plötzlich hört Tom leise Schritte hinter sich. Er dreht sich um und erkennt Mayari. Lautlos kommt sie näher und stellt sich ohne ein Wort zu sagen neben ihn. Gespannt wartet er darauf, dass sie das Schweigen bricht. Doch sie

---

15 Ausdruck dafür, wenn der Wind fast eingeschlafen die Segel nur noch für kurze Momente füllt, sonst aber nutzlos herabhängen lässt.

sieht ihn mit ihren großen, ausdrucksvollen Augen nur still an. Seine Neugier wächst. So ist er es, der schließlich leise fragt: „Wovor wolltest du mich gestern Nacht warnen?" Sie bleibt noch immer stumm. „Vor dem Skipper?" Erneut schaut sie sich vorsichtig um, bevor sie ihm antwortet. „Vor dem auch..." Er spürt, wie sie mit sich ringt, ob sie weiterreden soll oder nicht. Schließlich presst sie kaum hörbar über ihre Lippen: „...vor allem aber vor der Chinesin!" Überrascht und ungläubig starrt er sie an. „Du meinst Yini? Was ist mit ihr?" „Offenbar hast du ihr immer blind vertraut. Doch was glaubst du warum du sturzbetrunken geschlafen hast, als wir im Hafen lagen?" „Warum sollte sie mich betrunken gemacht haben, um das nicht mitzubekommen? Habe ich in Samarinda denn etwas Besonderes verpasst?" „Bist du sicher, dass wir überhaupt in Samarinda waren?" „Wo denn sonst?" Verstört forscht er in ihrem Gesicht, ob er ihr glauben soll. Oder ist sie dabei eine Geschichte zu erfinden, um sich interessant zu machen? Sie wirkt auf ihn jedoch offen und ehrlich.

„Weißt du, dass wir Schmuggelware an Bord hatten?" Seine Augen weiten sich vor Erstaunen. „Wieso hatten?" Erschrocken beißt er sich auf die Zunge. Mit seiner spontanen Bemerkung hat er ihr verraten, dass er von der Ladung bereits wusste. Es zu leugnen wäre sinnlos. „Ja. Ich bin vor kurzem zufällig darauf gestoßen." „Du wirst aber nicht wissen, was mit ihr geschehen ist." Mayari scheint jetzt zunehmend Vertrauen zu gewinnen und wird etwas gesprächiger. „Ein großer Teil dieser illegalen Fracht wurde heute Morgen in Sandakan gelöscht." „Wo?" „In Sandakan. Das ist ein malaysischer Hafen an der

nordöstlichen Spitze Borneos." Er sieht wieder die Seekarte vor sich. Dann waren sie also der Sulusee doch
schon viel näher, als Anjing ihm weismachen wollte, als er
ihm die angebliche Position des Schiffs gezeigt hat. Er hat
ihn immer wieder belogen. Sandakan. Ratlos blickt Tom
in die Ferne, als könne er dort noch die Küste erkennen
und ihre Aussage überprüfen. „Und wieso ausgerechnet
Sandakan?" Keine Antwort. Er dreht sich mit fragender
Miene wieder zu ihr, doch ihr Platz ist leer. Lautlos ist sie
verschwunden.

Als habe sie es geahnt, kommt einen Moment später tatsächlich Anjing an Deck und steigt hinauf zur Brücke. Wie
ein Schatten folgt ihm eine weitere Gestalt, die er nicht
erkennen kann. Um nicht gesehen zu werden bleibt Tom
regungslos im Schatten des Rettungsbootes stehen. Dass
er dem Skipper nicht trauen kann, war ihm klar, doch was
meinte Mayari mit ihrer Bemerkung zu Yini? Seine Assistentin kann doch nichts mit den Vorgängen hier auf dem
Schiff zu tun haben. Welches Interesse sollte sie denn daran haben, vor ihm zu verbergen, dass die Buana Tua einen anderen Hafen anläuft, als geplant.

Von der Brücke dringen nun aufgeregte Stimmen zu ihm.
Anjing ereifert sich offenbar über irgendetwas. Er spricht
Chinesisch, was er außer mit Yini selten tut. Ob der Rudergänger Chinese ist? Doch Tom muss nicht lange darüber nachsinnen. Die Stimmen werden lauter. Er kann
nun auch die zweite Stimme deutlich identifizieren. Es ist
Yini. Wie schon einmal, rätselt er erneut darüber, was sie
mit dem Skipper zu schaffen haben könnte. Durch Mayaris Bemerkung verunsichert, versucht er heraus-

zufinden, worüber sie sprechen mögen. Vorsichtig nähert er sich der Brücke. Er überblickt zwar nur einen schmalen Ausschnitt des Raumes, kann aber wenigstens alles gut hören. Anjing behandelt Yini äußerst rüde. Seine Stimme klingt scharf und erweckt den Eindruck, als gäbe er ihr Anweisungen, ihm etwas zu erklären. Auch ihre Antworten wirken wie von jemandem, der sich gegen Vorwürfe zu wehren oder zu rechtfertigen versucht. Immer wieder fallen die Worte *Tom* und *Sandakan*. „Er hat wirklich fest geschlafen und kann nichts mitbekommen haben!" Aufgeregt und an den ständigen Umgang mit Tom gewöhnt, ist sie plötzlich kurz ins Englische gefallen.

Mayari hatte also recht. Ganz offensichtlich wollte Anjing unbedingt vor ihm geheim halten, dass das Schiff Sandakan anläuft und hatte tatsächlich Yini beauftragt, dafür zu sorgen. Aber warum? Und wieso ist sie darauf eingegangen? Anjing scheint jedoch daran zu zweifeln, ob ihr das gelungen ist. Yini widerspricht ihm offenbar heftig und beschimpft ihn mit einem langen Wortschwall. Entsetzt sieht Tom mit an, wie Anjing sich jetzt nicht mehr scheut, sie zum Schweigen zu bringen, indem er ihr unvermittelt so brutal ins Gesicht schlägt, das sie fast bewusstlos gegen die Wand taumelt. Bevor sie zu Boden sinkt zerrt er sie mit einem heftigen Ruck wieder hoch. Dabei reist ihr Kleid gleich an mehreren Stellen ein. Nachdem er ihr noch eine kräftige Ohrfeige versetzt hat lässt er von ihr ab. Tom ist fassungslos. Natürlich war er nahe daran ihr zu Hilfe zu eilen, doch nach Mayaris Informationen erschien ihm das nicht nur sinnlos, sondern auch unklug.

Wenn er das Gespräch nicht völlig falsch interpretiert, gibt es kaum noch einen Zweifel: Ob freiwillig oder dazu gezwungen, Yini ist ganz offensichtlich in die kriminellen Vorgänge verwickelt. Alles deutet darauf hin, dass sie ihn tatsächlich hintergangen und dabei im Auftrag von Anjing gehandelt hat. Oder war es noch jemand anderes hinter Anjing? Möglicherweise hat man Yini sogar schon seit seiner Ankunft in Singapur auf ihn angesetzt. In diesem Fall hätte sie die ganze Zeit geschickt seine nicht zu überbietende Ignoranz für sich genutzt und er war in grenzenloser Naivität darauf hereingefallen. Nunmehr hätte Tom auch eine einleuchtende Erklärung dafür, warum sie ihm nach Jakarta, vor allem aber auf das Schiff gefolgt ist. Eiskalte Schauder laufen ihm über den Rücken.

Auch wenn alles dafürspricht, kann er es einfach nicht glauben, dass sich hinter der einst braven, sittsamen Assistentin eine infame Hure verbergen soll, die sich nicht davor scheut, jederzeit auch ihren Körper skrupellos einzusetzen, um ihre Ziele zu erreichen. Es passt einfach nicht zu der Person, mit der er wochenlang so eng zusammen war. Bis heute hat er nie an ihrer Leidenschaft gezweifelt. Sollte Yini die ihm gezeigten Gefühle tatsächlich über so lange Zeit nur vorgespielt haben, ohne dass er es gemerkt hat? Dann müsste sie eine wirklich begnadete Schauspielerin sein.

Je länger er darüber nachdenkt, desto mehr wird ihm allerdings klar, dass sich hinter Yini und Anjing irgendwelche finsteren Gestalten eines kriminellen Netzwerks verbergen müssen in dem die beiden wohl eher nur kleine Rädchen sind. Nachdem er mit eigenen Augen gesehen hat, wie Anjing mit Yini umgegangen ist, ist ihm sehr bewusst geworden, welches hohe Risiko auch er eingeht, wenn er weiter nach den Einzelheiten forscht. Je mehr er den Hintermännern dabei auf die Spur kommt, desto gefährlicher werden sie. Erschüttert und zugleich voller Zorn verflucht er die fremde Umgebung mit ihren für ihn undurchsichtigen Menschen und unverständlichen Sprachen. Er vertraut nun niemandem mehr. Warum hat sich sein Vertreter Zheng dafür stark gemacht, Yini als seine Assistentin zu nehmen? Steckt auch er in diesem Sumpf? Und Mayari? Er hat keine Ahnung, aus welchen Motiven sie handelt. Hat sie Interesse an ihm? Ist es Mitleid? Eifersucht? Oder verfolgt sie auch irgendwelche Interessen anderer Auftraggeber? Dennoch ist sie seltsamerweise der einzige Mensch, dem er in diesem feindlichen Umfeld noch immer vertraut.

Er schreckt aus seinen Gedanken auf. Yini verlässt die Brücke und kommt direkt auf ihn zu. Gerade noch rechtzeitig kann er aus der Nähe der Brücke verschwinden, sich etwas weiter weg an die Reling stellen und so tun, als sähe er dort schon eine Weile auf das Meer hinaus. Schon einen Moment später entdeckt sie ihn dort und läuft zu ihm. Prüfend schaut sie ihn an, um herauszufinden, ob er etwas von ihrer Auseinandersetzung mit Anjing auf der Brücke gehört hat. Von widersprüchlichen Gefühlen aufgewühlt, hat er beschlossen sie nichts davon erkennen zu lassen. Stattdessen spielt er weiter den naiven, fürsorglichen Liebhaber. „Was ist denn mit dir geschehen? Du blutest an der Stirn und dein Kleid ist zerrissen?". „Ich bin auf der rutschigen Treppe gestürzt. Aber nicht weiter schlimm." Er tut so, als glaube er die Geschichte. Beruhigt schmiegt sie sich an ihn. „Und du Ärmster findest noch immer keinen Schlaf? Ich habe mich schon gewundert, wo du abgeblieben bist und dich gerade überall gesucht." Sie wischt sich das Blut ab und blickt versonnen in den Sternenhimmel. „Richtig romantisch hier! Findest du nicht auch?"

Auf Reede

Schließlich erreicht die Buana Tua Manila und geht weit vor der Stadt vor Anker. Auf der Reede liegen zahllose Schiffe und warten darauf, ihre Fracht löschen zu können. Man informiert Anjing, dass frühstens am nächsten Morgen ein Liegeplatz an einer Pier frei wird. Durch Zufall bekommt Tom mit, dass die beiden Philippininnen mit einem Boot an Land gebracht werden, um dringend benötigte Lebensmittel einzukaufen. Endlich bietet sich die lang gesuchte Gelegenheit, mit Mayari unbeobachtet und in Ruhe sprechen zu können. Bevor Yini etwas davon mitbekommt, klettert er eilig in das wartende Boot. Kaum ist er an Bord, legt es ab und fährt auf die Stadt zu. Die beiden Frauen beachten ihn überhaupt nicht. Eifrig diskutieren sie über ihre Einkaufsliste. Tom ignoriert sie ebenfalls. Einige Besatzungsmitglieder stehen an der Reling und sehen ihnen nach. Niemand darf auf die Idee kommen, er suche irgendeinen Kontakt zu der Köchin und ihrer Helferin. Auch während der Überfahrt schweigt er. Angespannt wartet er auf einen günstigen Moment, um Mayari zu verstehen zu geben, dass er sie dringend sprechen will, ohne dass der Bootssteurer oder die Köchin etwas merken. Doch das erweist sich als unnötig. Ein kurzes Augenzwinkern von ihr genügt, um zu wissen, dass sie längst begriffen hat, warum er mitgefahren ist.

Am Bootsanleger herrscht reges Treiben. Ein buntes Gemisch von Menschen strömt an Land oder klettert in die wartenden Boote. Viele schleppen schwere Lasten mit sich. Andere stehen laut schwatzend und gestikulierend zusammen, um sich zu begrüßen, zu verabschieden, Wichtiges zu besprechen oder noch schnell ein letztes

Geschäft abzuschließen. Mühsam bahnen sich die Köchin und Mayari den Weg durch das dichte Gedränge. Tom folgt den Frauen mit deutlichem Abstand, behält sie aber fest im Auge. Aus dem größten Gewühl heraus, bleiben sie stehen und scheinen sich über ihr weiteres Vorgehen abzustimmen. Erfreut erkennt Tom, dass sie die zu erledigenden Aufgaben offenbar zwischen sich aufteilen und getrennt erledigen wollen. Nachdem die Köchin in der Menschenmenge verschwunden ist, blickt sich Mayari suchend um. Als sie Tom entdeckt, läuft sie lächelnd zu ihm. Beide sehen sich in die Augen und schweigen. Tom verweist auf eine kleine Mauer etwas abseits des Trubels, wo sie sich in den Schatten eines großen Baumes setzen können.

„Du hast offenbar recht gehabt, ich bin wohl auf die falschen Leute hereingefallen." Noch vor wenigen Tagen wäre er niemals auf die Idee gekommen, sich eine solche Blöße zu geben. Mit ihrem betörenden Lächeln sieht sie ihn einen Moment schweigend an. „Doch mir vertraust du..." Er weiß nicht, ob das eine Frage oder eine Feststellung ist. „Ja! Du bist die Einzige geblieben." Sichtbar berührt, bemerkt sie in heiterem, scherzhaftem Ton: „Jedenfalls habe ich keinen Befehl erhalten, dich zu überwachen, betrunken zu machen und mit dir zu schlafen, damit du die Aktionen irgendwelcher Verbrecher nicht gefährdest." Fassungslos schaut er sie an. „Yini hat den Befehl bekommen, mit mir zu schlafen?" „Ja, ich habe selbst gehört, wie Anjing schon in Jakarta die Anweisung von irgendjemandem an sie weitergegeben hat, sie habe wirklich alles zu tun, damit du bis zum Ende der Reise nichts davon erfährst, dass wir Sandakan angelaufen und das Schmuggelgut dort gelöscht haben. Man erwartete von ihr, dass sie so schnell wie möglich eine intime Beziehung zu dir aufbaut, um dich besser kontrollieren zu können. Dabei hatte ich das Gefühl, Yini ist nicht das erste Mal zu einer solchen Aufgabe eingesetzt worden. Irgendetwas zwingt sie dazu, solche Anordnungen zu befolgen. Vielleicht bedroht man ihre Familie oder hat etwas gegen sie in der Hand, mit dem man sie erpressen kann." An diese Möglichkeit hatte Tom bislang nicht gedacht. Das würde den Widerspruch zwischen der berechnenden Kälte, mit der sie offenbar handelt und der Wärme, wie er sie bislang zumindest zeitweise empfunden hat, erklären.

Ernüchtert fragt er sich jedoch, warum man zu derartig brutalen Maßnahmen greift, um sich zu schützen. Es erscheint ihm völlig unverhältnismäßig. Auch wenn das deutsche Recht den Export der Waren hierher verbietet, dürften die Waffenschmuggler vor Ort nicht vielmehr riskieren, als wegen Dokumentenfälschung und Zollvergehen verfolgt zu werden. Und sogar das wäre zweifelhaft, denn soweit sie Polizei oder Militär damit ausrüsten, handeln sie sogar im Interesse der hiesigen Regierungen.

„Was will man eigentlich mit unseren Produkten in einem abgelegenen, verschlafenen Tropennest wie Sandakan anfangen?" Er erwartet von Mayari eigentlich keine Antwort auf diese Frage und ist umso erstaunter, als sie ihm durchaus eine Erklärung geben kann. „Von Sandakan sind es nur wenige Seemeilen bis zu der philippinischen Insel Jolo. Dort operieren Terroristen, wie überall im Süden der Philippinen. Die an Land gebrachten Nachtsicht-Funk-

und anderen militärischen Geräte sind für diese Kämpfer Goldwert. Bestimmt waren sie mit den von uns gelieferten Waren schon dorthin unterwegs, bevor die Buana Tua wieder ausgelaufen ist."

Tom ist sprachlos. Ausgerechnet eine Frau in der bescheidenen Funktion von Mayari hat ihm nun eine überzeugende Erklärung dafür geliefert, warum die Schmuggler vor nichts zurückschrecken, um ihre Operationen an Orten wie Sandakan streng geheim zu halten. Dort geht es nicht um vergleichsweise harmlose Zoll- oder Steuervergehen, sondern die militärische Ausrüstung von Terroristen. Sollten sie dabei erwischt werden, drohen ihnen selbstverständlich drastische Strafen. Jetzt versteht er auch, weshalb sie unbedingt verhindern wollten, dass er überhaupt etwas von dem Zwischenstopp dort erfährt.

Doch noch rätselhafter erscheint es ihm, wie eine Küchenhelferin auf einem elenden Segelfrachter ein Nachtsichtgerät erkennen kann. „Woher weißt du das alles?" Sie muss laut lachen, als sie sein verdutztes Gesicht sieht. „Bevor ich meinen Mann kennenlernte, habe ich einmal ein Ingenieurstudium begonnen." „Du bist verheiratet und fährst auf diesem Schiff zur See?" „Mein Mann hat mich schon vor längerem verlassen. Da ich mein Studium nicht abgeschlossen hatte, fand ich keine Arbeit. Meine Familie ist bitterarm und so blieb mir nichts anderes übrig, jeden Job anzunehmen, um zu überleben. Außerdem muss ich meine alte Mutter versorgen." „Für eine attraktive Frau wie dich muss es doch kaum erträglich sein, in einer solchen rüden Männergesellschaft, noch dazu auf so engem Raum klar zu kommen?" „Sicher, doch immer noch besser, als in einem Bordell arbeiten zu müssen; denn das war so ziemlich meine einzige Alternative."

Hast du denn schon einmal solche Transporte wie diesen miterlebt?" „Natürlich. Die Gangster betreiben ihr Geschäft schon länger. Wir sind in den letzten Monaten häufig für deine Firma gefahren und hatten dabei immer wieder auch die verbotenen Waren an Bord. Genauso wie dieses Mal wurden sie stets von einem anderen Unternehmen eurer Fracht beigefügt." „Zumindest diesmal habe ich jedoch selbst gesehen, dass es sich – wenn auch unter anderem Namen - eindeutig um Produkte meiner Firma handelt." Sie lacht kurz auf. „Natürlich. Nichts ist einfacher, als einen anderen Namen eines anderen Besitzers auf die Kisten zu kleben und gefälschte Frachtdokumente dafür zu beschaffen."

„Was willst du nun tun? Willst du die Polizei einschalten?" Gespannt wartet sie auf seine Antwort. „Nein. Ich benötige dafür viel mehr Informationen über die beteiligten Personen, die Empfänger, weitere Beweise. Ich werde Kontakt zu meinen Leuten in Manila aufnehmen und versuchen, mehr zu erfahren." „Ich fürchte, du wirst dort nicht viel mehr herausbekommen, denn nach dem, was ich gehört habe, sind eure Leute dort alles Chinesen, deren Handlungen genauso undurchschaubar sind, wie ihre zahllosen Verbindungen und Loyalitäten in der ganzen Region. Außerdem vergiss nicht, du hast es mit gefährlichen, brutalen und skrupellosen Verbrechern zu tun, wie du bei Yini offenbar erlebt hast." Beunruhigt ergreift er ihre Hand und drückt sie fest. „Auch du musst sehr vorsichtig sein." Doch was ihre eigene Sicherheit betrifft, wirkt Mayari sehr selbstsicher. „Mach dir keine Sorgen um mich. Wie du, kommt zum Glück niemand von denen auf die Idee, dass ich als einfache Küchenhilfe sie beobachten und ihr Treiben durchschauen könnte. Wenn sie ahnen würden, was ich alles weiß, hätten sie mich vermutlich längst beseitigt. Allerdings sollten wir uns auf keinen Fall zusammen sehen lassen." Er nickt „Sicher hast du recht." Nachdenklich und mehr zu sich selbst, als zu Mayari, fügt er hinzu: „Und ich muss das Spiel mit Yini weiterspielen oder es wenigstens versuchen." „Was dir bestimmt sehr schwerfallen wird…" Auch wenn sie bemüht ist, mit Ironie humorvoll darüber hinwegzugehen, bleibt Tom nicht verborgen, wie sich dabei ein Schatten auf ihr Gesicht legt. Rasch lenkt er von diesem Thema ab. „Und wann können wir uns wiedersehen?" „Sobald die Buana Tua ausgelaufen ist." „Wie denn das…?" Sie muss über sein verdutztes Gesicht laut lachen. „Ich werde von Bord gehen, bevor das Schiff den Hafen verlässt und erst wieder mitfahren, wenn das Schiff das nächste Mal nach Manila kommt.

Mayari muss sich nun beeilen, um ihre Besorgungen rechtzeitig zu erledigen. Sie vereinbaren, dass sie mit der Köchin alleine zum Schiff zurückfährt und Tom erst später mit einem Taxi Boot folgt. So dürfte niemand auf den Gedanken kommen, dass sie in Manila irgendetwas miteinander zu tun gehabt haben. Bester Laune bummelt er durch Intramuros[16], besichtigt ein paar historische Gebäude, durchstreift Boutiquen und genießt die philip-

---

16 Historische Altstadt von Manila

pinische Küche in einem der kleinen Restaurants innerhalb der alten spanischen Festungsmauern. Der Gedanke, sich schon bald problemlos mit Mayari treffen zu können, versetzt ihn in Hochstimmung.

Am späten Nachmittag kehrt Tom wieder auf die Buana Tua zurück. Kaum an Bord fällt Yini erbost über ihn her und überschüttet ihn mit Vorwürfen, dass er sie nicht mitgenommen hat. Erst mit mehreren Drinks und Liebesschwüren, gelingt es ihm, sie zu beruhigen. Schweigend steht Tom schließlich mit ihr an der Reling und blickt auf das Meer. Die Begegnung mit Mayari lässt ihn nicht los. Wie in einem schweren Fiebertraum kreisen seine Gedanken ruhelos um das, was sie ihm erzählt hat und vermischt sich wirr mit den Bildern seiner eigenen Erlebnisse der letzten Wochen.

Eben hat die Sonne noch strahlend hoch am Himmel gestanden. Nun scheint sie unaufhaltsam, zunächst langsam, dann immer schneller auf das Meer herabzufallen. Die Schatten werden länger. Je tiefer die Sonne sinkt, desto mehr verfärbt sich der Himmel, um schließlich blutrot zu leuchten. Die unwirkliche, fast unheimliche Stimmung zieht Tom in ihren Bann. Die Silhouetten der auf Reede vor Anker liegenden Schiffe heben sich wie schwarze Meeresungeheuer vor dem Himmel am Horizont ab. Doch mit dem schwindenden Abendlicht verglimmt das Rot und die Konturen der Schiffe werden zu Schatten, die sich sehr bald in der Dunkelheit auflösen. Wenig später hat sich die Nacht über den Pazifik gesenkt. Dunst zieht über das Wasser. Von Manila ist fast nichts mehr zu erkennen. Nur noch ein ferner Lichtschimmer lässt erahnen, wo die Stadt liegt. Einzig die wenigen Lichter auf den Schiffen um sie herum erinnern daran, dass sie sich nicht mehr einsam und allein auf hoher See, sondern in der Nähe eines Hafens befinden.

Tom hat das Gefühl, als spiegele sich in diesem beeindruckenden Naturschauspiel sein eigenes Schicksal. Wie die Sonne hat auch er seinen strahlenden Glanz verloren. Mit der unfreiwilligen Verwicklung in kriminelle Machenschaften und dem damit verbundenen Abstieg von der Höhe seines Erfolges erscheint ihm sein Leben ebenfalls in einem veränderten Licht. Eine beklemmende, bedrohlich wirkende Stimmung hat sich ihm bemächtigt. Nicht anders als der zur Neigung gehende Tag scheint auch sein bisheriges Dasein in der Abenddämmerung zu verblassen. Selbst seine Perspektive hat sich gewandelt. Er blickt nicht mehr als Gewinner, wie aus seinem Büro in Singapur gewohnt, stolz und zufrieden hinaus auf die ferne, friedlich anmutende Reede und das weite Meer. Stattdessen starrt er jetzt als Verlierer, ausgesetzt auf einer mit zunehmender Dunkelheit immer bedrohlicher wirkenden See, auf ein irgendwo vor ihm liegendes, unbekanntes Land. Vergeblich sucht er dort nach Zeichen eines rettenden Hafens. Wehrlos muss er sich seinem Schicksal beugen und darauf warten, von der Finsternis der Nacht verschlungen zu werden.

Als folge er den Weisungen eines Filmregisseurs hält er in diesem Untergangsszenario seine Assistentin trunken und spärlich bekleidet, eng umschlungen im Arm, Von ihr belogen und betrogen schwankt er in seinen Empfindungen für sie zwischen Wut, Verachtung und Mitleid. Mehr als über Yini, ist er aber zutiefst über sich selbst erschüttert, so leicht auf sie hereingefallen zu sein. Er bemüht sich von dem, was in ihm vorgeht, nichts anmerken zu lassen. Keinesfalls darf sie spüren, dass er ihre Rolle jetzt durchschaut. Allerdings fragt er sich, wie lange es ihm dabei noch gelingen wird, als ihr Liebhaber glaubwürdig zu bleiben. Dazu erscheint es ihm zielführend, mit reichlich Alkohol nachzuhelfen. „Ich hole uns noch etwas zu trinken." Kurz darauf kommt er mit einem besonders starken Drink zurück. Mit gespielter Heiterkeit stößt er immer wieder mit ihr an. Ohne dass sie es merkt, hält er sich selbst dabei allerdings sehr zurück. Diesmal ist er am Zuge...

Plötzlich ist ein tuckerndes Motorgeräusch zu hören. Es wird lauter und lauter. Schließlich löst sich eine Barkasse aus dem Dunkel und kommt auf sie zu. Mit einem großen, unförmigen Leichter [17]im Schlepp geht sie längsseits. Ein Mann klettert an Bord und begrüßt den Skipper. Kurz darauf folgen weitere Männer und eine der Ladeluken der Buana Tua wird geöffnet. Tom bemerkt sofort, dass der größte Teil der chinesisch beschrifteten Kisten, die er dort in Makassar noch gesehen hat, jetzt fehlt. Die Mannschaft beginnt damit, die restlichen dieser Kisten auf den Leichter umzuladen. Mit einer Zigarre im Mund tritt der Skipper zu Tom und Yini. Erstaunlich entspannt verweist er auf die Ladung. „Wie Sie sehen, haben wir eine Reihe von

---

17 Lastkahn ohne eigenen Antrieb zum Be- und Entladen von ankernden Schiffen.

Kisten an Bord, die wir für ein mit ihrer Firma befreundetes Unternehmen hierher mitgenommen haben. Meines Wissens wird Ihr Unternehmen dafür recht großzügig entlohnt." Tom erinnert sich schwach daran, in Jakarta tatsächlich eine für Transportleistungen geleistete Einnahme verbucht gesehen zu haben. Er hatte sich zwar gefragt, was sich dahinter verbirgt, war der Frage aber nicht weiter nachgegangen. „Wohin gehen denn diese Kisten?" „Keine Ahnung. Wir haben damit nichts zu tun. Ich muss sie hier nur übergeben." Nach dieser höchst unbefriedigenden Antwort kommt Tom noch etwas anderes in den Sinn. „Wenn Sie nicht einmal wissen, wohin die Fracht geht, wie können Sie eigentlich mit dem Löschen beginnen, obwohl wir philippinisches Hoheitsgebiet erreicht haben und das Schiff noch nicht einklariert[18] ist?" „Das erkläre ich Ihnen später, die Pflicht ruft." Hastig eilt er zu einem der Ladegeschirre. „Du dahinten, pass auf, dass die Kiste nicht wegrutscht!" Brüllend und heftig gestikulierend gibt er Anweisungen. Er ist ganz der eifrige Skipper. Von ihm wird Tom bestimmt nicht erfahren, wohin die übrig gebliebene Schmuggelware geht.

Aufmerksam beobachtet Tom das rege Treiben an Bord. Zwar wird zügig gearbeitet, doch große Sorgen, dass der Zoll erscheint, macht man sich hier offenbar nicht. Wohin mögen diese Kisten gebracht werden? An Land? Auf ein anderes Schiff? Auch die Leute von der Barkasse werden ihm das nicht sagen. Fieberhaft denkt er darüber nach,

---

18 Zollabfertigung, Gesundheitskontrolle, etc.

wie er das dennoch herausfinden kann. Schwankend hängt sich Yini wieder an ihn. Der Alkohol hat unverkennbar gewirkt. „Gib mir noch einen Drink." Ihre Zunge ist bereits schwer. Eisern hält sie ihr Glas fest und betrachtet mit glasigen Augen den Leichter. „Komischer Kasten da unten, wo fährt der wohl hin?"

Als hätte sie ihm ein Stichwort gegeben, kommt ihm plötzlich ein verwegener Gedanke. „Lass uns dort an Bord gehen und uns ein wenig umsehen." Behände klettert er über die Bordwand hinab. Nur mühsam kann sie ihm folgen, doch kurz darauf steht auch sie schwankend an Deck des unförmigen kastenartigen Ungetüms. Ohne seine Hilfe wäre sie allerdings fast ins Wasser gefallen. In einem muffigen Raum verstauen zwei Männer die Kisten, die man ihnen herunterreicht, hinter allerlei Gerümpel, sodass sie nicht gleich auffallen. Die Männer sind damit so beschäftigt, dass sie Tom und Yini nicht bemerken. Wortlos schiebt Tom Yini in einen Nebenraum. Bis auf ein paar Säcke, rostige Fässer und Persennings ist er leer. Zu ihrer großen Überraschung zieht er sie dort ziemlich rüde an sich, um sie heftig zu küssen. Verwirrt blickt sie ihn an, als er auch noch beginnt, sie auszuziehen. „Doch nicht hier!" „Warum nicht?" Leidenschaftlich fällt er über sie her. Enthemmt durch den vielen Alkohol ist es nun auch ihr ziemlich gleichgültig, ob sie entdeckt werden oder nicht.

Als sie voneinander ablassen, hat der Leichter längst abgelegt und sich weit von der Buana Tua entfernt. Yini ist erschöpft eingeschlafen. Vorsichtig späht Tom auf das Oberdeck. Dort ist niemand zu sehen. Die Mannschaft fährt vermutlich auf der Barkasse mit, die den Kahn hinter sich herzieht. In der Ferne erkennt er die Silhouetten anderer auf der Reede liegender Schiffe. Ihre Lichter bleiben immer weiter zurück. Der Lichtschein der Stadt ist nicht mehr zu erkennen. Zunehmend nervös fragt sich Tom, wie weit man noch hinaus auf das offene Meer fahren will. Wehe, es kommt jetzt ein starker Wind oder gar Sturm auf. Der Leichter dürfte das nur schwer überstehen. Nach einer Weile nähern sie sich einem vor ihnen vor Anker liegenden, uralten Frachtschiff. Der Name ist kaum noch lesbar. Tom glaubt „Silvers Star" entziffern zu können, doch ihm bleibt keine Zeit mehr, das zu überprüfen. Mehrere Männer tauchen oben an der Reling auf. Die Barkasse drückt den Leichter an die rostige Bordwand des Frachters. Zwei Besatzungsmitglieder werfen die Leinen hinüber. Quietschend und knarrend reiben die Fender hin und her als sich die beiden Schiffe berühren. Da kaum Wind weht und die See ruhig ist, geht alles sehr schnell. Kaum liegt der Leichter längsseits, wird damit begonnen, die Kisten umzuladen. Wie ein Schatten verschwindet Tom wieder unter Deck. Um nicht entdeckt zu werden, zieht er eine der herumliegenden Persennings über Yini und kriecht auch selber darunter.

Doch sie haben Pech. Nachdem die letzten Kisten verschwunden sind, sieht sich einer der Männer um, ob nichts vergessen worden ist. Dabei hebt er auch die Persenning hoch und findet Tom und Yini. Überrascht ruft er seinen Kumpel. „Was ist denn hier los?" Beide betrachten neugierig Tom und die kaum bekleidete Frau neben ihm. Tom tut so, als sei er gerade aufgeweckt worden. Zwei weitere Männer kommen hinzu. Einer von ihnen ist wohl

der Boss. „Was macht Ihr denn hier?" Tom bedeckt eilig
Yinis Blöße. „Wir sind Passagiere von der Buana Tua. Wir
haben wohl verpasst, dass Sie abgelegt haben?" „Und warum musstet Ihr ausgerechnet hier …? Konntet wohl nicht
länger warten?" Tom gibt sich verlegen. „Verdammter Alkohol." Er wirkt verwirrt und tut so, als würde er ein wenig
lallen. Das breite Grinsen der Männer lässt keinen Zweifel,
dass sie ihm seine Geschichte abnehmen und tatsächlich
keinen Verdacht mehr hegen, er könnte aus einem anderen Grunde hier sein. Sein Plan und die Vorsorge für den
Fall, entdeckt zu werden, hat sich bewährt. Auch der
Käpt'n scheint belustigt zu sein. „Wie bringen wir euch
denn jetzt wieder auf euer Schiff zurück?" Tom tut so, als
fiele es ihm schwer, zu antworten. „Es wäre mir sehr pein-
lich, wenn dort alle erfahren, was geschehen ist. Könnt ihr
uns nicht an Land absetzen? Wir wollten ohnehin in ein
Hotel umziehen. Ich habe es bereits reserviert, nachdem
wir auf der Reede vor Anker gegangen sind." „Diese Touristen…" Kopfschüttelnd beobachtet der Käpt'n, wie Tom
sich bemüht Yini wachzurütteln und ihr wieder ihr T-Shirt
über den Kopf zu ziehen. Dabei fragt er sich, wo Tom sie
aufgetrieben haben mag. Amüsiert dreht er sich zu den
anderen um. „Die Nutte gehört vermutlich zu der Besatzung der alten *Pinisi.* Verständlich, dass er nicht zum
Schiff zurückgebracht werden will. Die beiden würden natürlich den Spott der ganzen Mannschaft auf sich ziehen.
Joe, nimm sie mit, wenn du zum Hafen zurückfährst."
Wieder betrachtet er das Pärchen. „Na dann weiterhin viel
Spaß! Ihr solltet euch dafür aber wirklich bessere Plätze

suchen!" Mit dröhnendem Gelächter klettert er zurück auf sein Schiff.

Die Barkasse legt ab. Der mit Joe angesprochene Bootssteurer betrachtet Tom neugierig. „Was machen Sie denn hier in Manila?" „Ich bin nur zu Besuch. Ich wollte einmal auf einer Pinisi mitfahren." „Und dabei haben Sie auch gleich noch eine Frau gefunden! Das perfekte Abenteuer." Nach einer Weile kann Tom in der Ferne die ersten Lichter der Stadt ausmachen und die Barkasse hält auf sie zu. „Und Sie? Wo geht die Reise der Silvers Star hin? So heißt doch wohl ihr Schiff, oder…?" „Ja. Gut beobachtet. Wir werden morgen früh auslaufen und zu den Molukken fahren, wenn Sie wissen, wo die sind. Und dann geht es weiter nach Yayapura." „Wo liegt das denn? Davon habe ich noch nie gehört." „Das habe ich mir gedacht. Yayapura ist eine kleine Hafenstadt im indonesischen Teil von Neuguinea." „Sie sind verdammt gut informiert, Joe!" Stolz wird der Bootssteurer immer gesprächiger. „Na klar. Ich fahre schon lange hier zur See und kenne mich daher bestens aus." „Und was für Fracht bringt ihr denn in diese gottverlassenen Gegenden?" Voller Spannung wartet Tom auf die Antwort. Fast hätte er vergessen, weiter den Angetrunkenen zu spielen. „Alles Mögliche." „Auch die Kisten, die eben von der Buana Tua übernommen worden sind?" „Ja, auch die." „Was für Waren sind das denn?" „Ich habe keine Ahnung, was da drin ist. Irgendwas für chinesische Kaufleute dort unten, von denen keiner richtig weiß, womit sie eigentlich handeln und mit wem. Manche behaupten, mit der Polizei, andere mit den Widerstandskämpfern. Vielleicht auch mit beiden." Er lacht über das verdutzte Gesicht von Tom. „Ja, das ist eine wilde Gegend dort. Aber ich sollte nicht mehr erzählen. Eigentlich habe ich schon viel zu viel gesagt."

Die Barkasse erreicht die Stadt und macht an einer Pier fest. „In welchem Hotel wohnen Sie denn? Haben Sie überhaupt Geld für ein Taxi dabei?" „Ich wohne im Hafen Hotel, gleich da drüben." Er weist auf ein wenige hundert Meter von der Anlegestelle entferntes Kolonialgebäude. Trotz aller Anstrengungen gelingt es Tom kaum Yini einigermaßen wach zu bekommen. Ratlos wendet er sich schließlich an Joe. „Ich wäre Ihnen allerdings sehr dankbar, wenn Sie mir noch helfen, meine Begleiterin dorthin zu bringen." „Kein Problem; denn auch ich bin dort verabredet." Gemeinsam gelingt es ihnen endlich, sie wieder auf die Füße zu stellen. Mühsam schwankt sie zwischen den beiden Männern zu dem Hotel herüber. Während Tom eincheckt schläft sie in einem Sessel in der Empfangshalle sofort wieder ein.

„Sie haben nur ein Einzelzimmer gebucht, Mister." Abfällig sieht der Mann an der Rezeption zu Yini herüber, und beeilt sich hinzuzufügen: „Wir haben leider auch keine Doppelzimmer mehr frei." Auch Toms heftiger Wutausbruch stimmt den Mann nicht um. Glücklicherweise wartet Joe in der Nähe noch immer auf seine Gesprächspartner und kommt ihm erneut zu Hilfe. „Probleme?" Nachdem Tom ihm erklärt hat, was los ist, redet er eine Weile auf den eifrigen Rezeptionisten ein. Zufrieden und mit grinsendem Gesicht wendet er sich schließlich wieder an Tom. „Wenn Sie ein paar Dollar für ihn übrighaben, hat der Mann durchaus Verständnis dafür, dass Sie heute

Nacht nicht alleine sein wollen", raunt er ihm zu. Tom zieht zwei 20 $ Noten aus seiner Brieftasche. „Wird das reichen?" „Ich glaube schon." Ohne, dass Tom es mitbekommt, verschwindet eine der beiden Banknoten gleich in Joes eigener Tasche. Nachdem er dem Mann an der Rezeption das restliche Geld zugesteckt hat, widmet der sich nur noch anderen Gästen und interessiert sich nicht mehr dafür, wie Tom Yini nun rasch in den Fahrstuhl bugsiert.

Als sie endlich im Bett liegt, kehrt Tom noch einmal zum Empfang zurück und sieht sich nach seinem Helfer um. Er hat sich bei ihm nicht einmal richtig bedankt. Vielleicht kann er ihn noch kurz zu einem Drink einladen, bis seine Leute kommen. Erstaunlich viele Menschen drängen sich um die Sesselgruppen in der Eingangshalle vor der Rezeption. Cafeteria, Restaurants und Shops, alles ist brechend voll. Offenbar ist die weiträumige Anlage auch ein beliebter Treffpunkt für Leute, die nicht im Hotel wohnen. So ist es alles andere als einfach, jemanden herauszufinden, mit dem man sich dort nicht an einem festen Ort verabredet hat. Tom will schon aufgeben, als er Joe doch noch an einer Bar entdeckt. Er ist nicht mehr alleine. Offenbar hat er seinen Partner gefunden und ist dabei, ihm irgendwelche Papiere zu übergeben. Unbemerkt macht Tom mit seinem Handy ein Foto von den beiden Männern und beschließt, sich doch lieber in sein Zimmer zurückzuziehen. Eine kluge Entscheidung, wie sich schon am nächsten Tag erweisen wird.

Manila

„Wo sind eigentlich unsere beiden Passagiere?" Erst beim Frühstück am nächsten Tag fällt dem Skipper auf, dass die beiden sich nicht mehr sehen gelassen haben, seit die Barkasse abgelegt hatte. „Hast du eine Ahnung, wohin die verschwunden sein könnten, Mayari", fragt er sie, als sie aufdeckt und den Kaffee bringt. „Nein, keine Ahnung. Wieso sollte ich? Ich habe mit denen doch nichts zu tun. Vermutlich sind sie an Land gegangen und dort versackt. Die Chinesin, mit der er sich amüsiert, trinkt viel." Kopfschüttelnd setzt er sich auf seinen Platz und wartet darauf, dass sie ihm eine Papaya schält. „Wenn sie mit einem Wassertaxi an Land gegangen sind, hätte ich das eigentlich sehen müssen. Außerdem hätten sie mir sicher Bescheid gegeben. Sehr eigenartig. Aber sie werden ja nicht gleich beide über Bord gegangen sein." Sie zuckt nur mit den Schultern. Nachdenklich starrt Anjing auf seine Kaffeetasse. Mehr an sich selbst als an Mayari gerichtet, beginnt er sich seine Sorgen von der Seele zu reden. „Ich bin froh, wenn wir diesen Tom endlich wieder los sind. Ich weiß bis heute nicht, was den einfältigen Johan Pieter dazu bewogen hat, ihn ausgerechnet zu uns an Bord zu schicken. Offenbar hat der bis heute noch immer nicht begriffen, was hier läuft." Doch sein aufkommender Ärger verfliegt rasch und ein verschwörerisches Grinsen tritt an seine Stelle. „Aber das ist natürlich auch gut so. Schließlich wird Johan Pieter für die Mitnahme der Fracht bezahlt. Um was für Waren es sich dabei handelt, geht ihn nichts an und soll er auch gar nicht wissen."

Gespannt hat Mayari seinen Monolog verfolgt, auch wenn sie die ganze Zeit so getan hat, als höre sie gar nicht hin. Jetzt kann sie ihre Überraschung kaum noch verbergen. Zum Glück scheint Anjing sie kaum noch zu beachten, sonst wäre ihm das vermutlich doch aufgefallen. Anders als sie und Tom bisher vermutet hatten, hat Johan Pieter also mit dem Schmuggel fast nichts zu tun. Seine Beteiligung beschränkt sich offenbar nur darauf gegen entsprechende Bezahlung an seine Firma auf den von ihm gecharterten Schiffen ein paar fremde Kisten mitzunehmen. Auch wenn er eigentlich ahnen musste, dass es sich dabei im Zweifel um Schmuggelware handelt, kennt er offenbar nicht einmal deren Inhalt. Möglicherweise war es ihm a zu heiß, der Sache selbst weiter nachzugehen. Vielleicht hat er Tom deshalb bestärkt, auf der Buana Tua mitzufahren, weil er hofft dadurch mehr zu erfahren was hier vorgeht, ohne sich selbst in Gefahr zu begeben.

Gleich am nächsten Vormittag macht Tom den angekündigten Besuch bei seiner Vertretung in Manila. Das Schiff liegt noch immer draußen auf der Reede. Nachdem Anjing erfahren hat, dass Tom und Yini in das Hotel umgezogen sind, hat er hoch erfreut sofort einen von seinen Leuten beauftragt, ihnen ihre Sachen zu bringen. Yini wirkt noch immer zerschlagen, doch es ist ihr erstaunlicherweise gelungen, sich wieder so herzurichten, wie es ihre Rolle verlangt. Auch Tom hat sich rasch etwas gekauft, um einigermaßen angemessen gekleidet zu sein. Doch nicht nur die Kleidung und das Umfeld kommen ihm plötzlich fremd und seltsam unwirklich vor. Selbst sein eigenes Verhalten erkennt er kaum wieder. Ihm ist, als habe er sein wahres Inneres vor der Außenwelt hinter Kostüm und Maske verborgen, um für einen letzten

Auftritt vor der Kulisse seines früheren Lebens noch einmal auf die Bühne zurückzukehren.

In Manila hat er eine ähnliche Unterbringung seiner Firma wie in Jakarta erwartet. Die ihm ausgewiesene äußerst geringe Miete dürfte kaum etwas anderes zulassen. Doch ganz anders als in Jakarta liegt die Niederlassung hier in einem neuen, begehrten Stadtviertel. Staunend betritt er ein elegantes Büro in einem modernen Gebäude. Überrascht stellt er allerdings fest, dass das Großraumbüro nicht nur von seinen eigenen Mitarbeitern, sondern auch von einer Reihe weiterer Leute, die für andere Auftraggeber arbeiten, genutzt wird. Die Untermieter beteiligen sich dafür nicht nur an den Kosten, sondern sie scheinen auch in direkter Beziehung zu den Eigentümern des Bürogebäudes zu stehen, was die auffallend niedrige Miete erklärt. Außer Herrn Maliksi, dem zweiten Mann der Niederlassung und drei weiteren Philippinos, die eher Hilfsarbeiten ausführen, sind alle anderen im Büro Chinesen. Auch der Chef seiner Vertretung, Herr Ginto, hat seine Wurzeln in China. Als er freundlich lächelnd auf ihn zukommt, erkennt Tom in ihm sofort den Mann wieder, der gestern Abend mit dem Barkassenführer von der Silvers Star an der Bar in seinem Hotel gesessen hat. Ginto hat ihn im Hotel zwischen den vielen Menschen sicher nicht wahrgenommen, und Tom hütet sich, irgendetwas davon zu erwähnen. Ginto[19] ist ein beleibter Mann in mittleren Jahren. Einen zutreffenderen Namen hätte er kaum

---

19 Chinesisch: Gold. Auch als Name gebräuchlich

bekommen können. Elegant gekleidet, am Handgelenk eine diamantenbesetzte, goldene Uhr, die Finger mit teuren Ringen geschmückt, zeigt er aller Welt, dass er zwar ein Mann von kleiner Statur, aber mit großem Vermögen ist. Tatsächlich scheint er damit Geschäftspartner, Gegner und selbst junge, attraktive Frauen aus seiner Umgebung mehr zu beeindrucken, als wenn er mit einem athletischen Körper aufwarten könnte. Für seine Freunde hat er stets ein freundliches Lächeln übrig, das er nicht einmal zu unterbrechen scheint, wenn er an seiner Zigarre zieht. Ihnen gegenüber zeigt er sich meist äußerst großzügig, Feinde werden hingegen gewissenlos vernichtet. So will jeder, sein Freund zu sein, oder lebt in Angst und Schrecken davor, ihn sich zum Feind zu machen.

Nachdem Ginto sich und seinen Kollegen Maliksi vorgestellt hat, überlässt er es Maliksi, Tom zu erklären, was das Unternehmen tut. Immer wieder fällt er seinem eifrigen Vertreter aber mit kurzen Bemerkungen ins Wort. Deren einziger Sinn besteht allerdings nur darin, zu unterstreichen, wie wichtig er selbst für die vorgetragenen Erfolge war. Leider wurden auch Fehler gemacht, die aber selbstverständlich nicht von ihm. Auch wenn das Geschäftsvolumen auf den Philippinen für Toms Unternehmen außerordentlich begrenzt ist, läuft hier offensichtlich alles bestens.

Ginto gefällt Tom allerdings gar nicht. Warum lässt sich ein Potentat wie er überhaupt dazu herab, die Vertretung eines kleinen, ausländischen Unternehmens zu übernehmen und sogar selber darin mitzuarbeiten? Er denkt zurück an seine Beobachtung gestern Abend in der

Hotelbar. Wozu mag sich ein Mann seiner Position dort mit einem einfachen Besatzungsmitglied eines Schmugglerschiffs zusammensetzen?

Obwohl die Englischkenntnisse seiner Leute ausreichend sind, übersetzt Yini die ganze Zeit eifrig. Fasziniert beobachtet Tom, wie sie dabei ihr perfektes Doppelspiel beherrscht und nun wieder zur seriösen Assistentin und Dolmetscherin mutiert ist. Erstaunlicherweise scheint sich niemand darüber zu wundern, warum sie eigentlich in Manila ist. Außerdem fällt ihm auf, dass sie mit Ginto nicht nur besonders respektvoll und vorsichtig umgeht, sondern ganz offensichtlich große Angst vor ihm hat. Ihr Verhalten bestärkt Tom in seiner wachsenden Überzeugung, dass sein Vertreter in Manila zu den wesentlichen Drahtziehern des Schmugglerrings gehört und Toms Unternehmen nur als Instrument für seine finsteren Geschäfte benutzt.

Als sie die Sitzung unterbrechen und das Büro für ein schnelles Mittagessen verlassen, kommt Tom im Vorbeigehen mit einigen der Untermieter kurz ins Gespräch. Dabei gleitet sein Blick über den Schreibtisch von einem von ihnen. Auf den Briefköpfen und anderen Unterlagen, die dort liegen, erkennt er eindeutig das Logo mit den chinesischen Schriftzeichen wieder, wie er es auf den Kisten mit der Schmuggelware gesehen hat. Die hier arbeitenden Leute der oft erwähnten „befreundeten" Firma wickeln offenbar die illegalen Machenschaften ab. Vielleicht besteht der Zweck dieses Unternehmens sogar nur darin, Herkunft, Wege und Ziele zu verschleiern, um illegal

Produkte zu vertreiben, die aus Toms Unternehmen stammen.

Dann entdeckt er noch ein Schreiben mit einem ihm wohlbekannten Logo. Fraglos handelt es sich um den Briefkopf der Firma von Joachim Leugner, seiner Vertretung in Bangkok. Was mag Joachim mit den Leuten dieser Firma hier in Manila zu tun haben? Sollte der etwa ebenfalls in den Schmuggel verwickelt sein? Tatsächlich spricht alles dafür, dass Tom sich auch in ihm getäuscht und ihn völlig falsch eingeschätzt hat. Dabei kommt ihm Joachims heftige Reaktion am Telefon wieder in den Sinn, als er ihm die Quelle seiner Information nicht genannt hat. Kann er denn niemandem mehr vertrauen? Erschüttert fragt er sich langsam, was in seiner Firma eigentlich überhaupt noch korrekt läuft. Zweifellos ist es nicht nur das mysteriöse „befreundete" Unternehmen, das die finsteren Machenschaften betreibt. Mit Sicherheit sind nicht wenige seiner eigenen Leute unmittelbar daran beteiligt. Anders wären diese Geschäfte gar nicht möglich. Es sieht so aus, als würde überall an den illegalen Manövern mitgewirkt und mitverdient.

Eigentlich ist es an der Zeit, von all dem nach Deutschland zu berichten und dort ein offenes und ausführliches Gespräch darüber zu führen. Doch so wie er seinen chinesischen Boss bei der Tagung in Hongkong erlebt hat, wird er von dort kaum Hilfe erwarten können. Ganz im Gegenteil. Ihm stockt der Atem, als ihm plötzlich der Gedanke kommt, dass vielleicht auch der mit den Schmugglern unter einer Decke stecken, oder sogar ein entscheidender Hintermann sein könnte.

Tom fällt auf, dass man bemüht ist, ihn von einem Mann fernzuhalten, den sie mit Ohta-san[20] und auf Englisch ansprechen. Als Tom dennoch auf ihn zugeht, um ihn zu begrüßen, beeilt sich Ginto, ihn vorzustellen. „Ohta-san ist Japaner. Er ist zufällig zu Gast und will sich einmal bei uns umsehen. Vielleicht kommen wir mit seiner Firma irgendwann sogar einmal ins Geschäft." Ohta-san verbeugt sich tief. Außer einem höflichem *„Ohta desu. Hajmemashite"* „Ich heiße Ohta. Es freut mich, Ihre Bekanntschaft zu machen.", sagt er aber nichts. Stattdessen folgen noch weitere Verbeugungen. Ein Gast! Tom kocht vor Zorn. Hatte er doch kurz zuvor deutlich beobachten und mithören können, wie Ohta-san ziemlich rüde Anweisungen an Ginto gegeben hatte, irgendwelche Geschäftsabläufe zu ändern. Ginto muss ihn wirklich für einen Idioten halten!

Mit dem Auftritt von Ohta-san hat Tom endlich die lang gesuchte Erklärung dafür, warum niemand die verschwundene Fracht vermisst hat. Die Lösung des Rätsels ist so einfach, dass er sich fragt, warum er nicht längst darauf gekommen ist: Das von seinem Kollegen in Tokyo erwähnte, und als dubios bezeichnete japanische Unternehmen ist bei allen finsteren Machenschaften in der Region selber mit an Bord! Mithilfe des japanischen Partners werden angeblich für Japan bestimmte Waren bestellt, in Bangkok umgeladen und mit gefälschten Papieren an alle möglichen Kunden in der Region geliefert. Vermutlich

---

20 Das in Japan an den Namen angehängte - san steht für eine höfliche Anrede.

können dort beachtliche Preise gefordert werden. Nachdem Ohta-san aus dem Erlös die Rechnungen von Carl Gustav Koch & Söhne bezahlt hat, bleibt sicher ein üppiger Gewinn, der unter allen an der Operation Beteiligten verteilt wird.

Tom steht vor einem Trümmerhaufen. Hinter der Fassade seines Unternehmens verbirgt sich ein über die ganze Region dicht gespanntes Netz krimineller Aktivitäten. Schaudernd erkennt er, in welchem erschreckenden Umfang seine Firma nicht nur von Mitarbeitern eines fremden und dubiosen Unternehmens durchsetzt und unterwandert ist, sondern von irgendwelchen verborgenen und wohl sehr mächtigen Interessensgruppen gesteuert wird. Er ist längst zur Randfigur oder gar zu ihrem Erfüllungsgehilfen gemacht worden, ohne dass er bisher etwas davon gemerkt hatte. Sein forscher Auftritt in Singapur kommt ihm nun grotesk und beschämend vor. Entgegen seiner so oft und laut verkündeten Überzeugung hat er nichts im Griff. Schmerzhaft muss er sich eingestehen, wie sehr ihm die Erfahrung fehlt, um in dieser fremden und ihm feindlich gesonnenen Umgebung bestehen zu können. Gutgläubig war er auf alles hereingefallen, in jede Falle getappt. Er hat sich bei allen, die an den Geschäften beteiligt sind oder davon wissen lächerlich gemacht. Lebhaft stellt er sich vor, wie sie sich über ihn amüsiert und ihn verspottet haben.

Auch wenn Tom sicher ist, in Ginto endlich zumindest einen der Hauptverantwortlichen für seinen Untergang gefunden zu haben, darf er ihn das keinesfalls spüren lassen. Er ist sich sehr wohl darüber bewusst, dass sich hinter dessen freundlich lächelnder Fassade äußerst gefährliche Brutalität und Skrupellosigkeit verbergen. Ihm ist klar, dass mit ihm und dessen Partnern in keiner Weise zu spaßen ist. Da sie zweifellos sehr profitable Geschäfte machen, werden sie nicht zögern jeden der sie dabei stört erbarmungslos auszuschalten. So muss er die Männer zunächst weiter in dem Glauben zu lassen, er sei ein unwissender und naiver Neuling. Ganz anders als in den ersten Tagen in Singapur, hat er dabei nun allerdings begriffen, dass er noch immer einer ist.

Beim Mittagessen wird über das Mutterhaus in Hamburg und natürlich über den für Asien zuständigen neuen Mann gesprochen. „Da hat man Ihnen einen wirklich fähigen Mann geschickt, der die geschäftlichen Rahmenbedingungen hier in der Region sehr gut kennt und die Erfahrung besitzt, wie man sich darin bewegt." Gintos Lobeshymnen auf das neue chinesische Mitglied in der Geschäftsführung nehmen kein Ende. Mit jedem Satz seiner blumenreichen Rede über ihn wächst Toms Vermutung, dass selbst sein Chef zu den Verbrechern gehört.

Das Essen endet nicht, ohne dass Ginto noch einmal auf Toms Vorgänger zu sprechen kommt. Er macht Tom sehr deutlich klar, dass er mit ihm große Konflikte gehabt hat. „Der Mann hat uns nie vertraut. So manches lukrative Geschäft hatte er verhindert, statt es zu fördern. Ihm fehlte jede Risikobereitschaft, ohne die ein Kaufmann nicht erfolgreich sein kann. Pedantisch befolgte er jede Regel und war auch nicht dazu bereit einmal Fünf gerade sein zu lassen. Typisch deutsch!", ereifert sich Ginto. Nach einer kurzen Pause hat er sich wieder beruhigt und fügt mit furchterregender Miene fast flüsternd noch hinzu: „Er war untragbar geworden." Doch sofort erhellt sich sein Gesicht wieder und er lächelte Tom an. „Gut, dass er endlich weg ist und wir nun Sie haben. Sie scheinen uns die Dinge sehr viel professioneller anzugehen. Lassen Sie uns auf eine weiter so gute Zusammenarbeit wie bisher anstoßen." Noch vor Kurzem hätte Tom sich geschmeichelt gefühlt und das unbeschwert getan. Doch jetzt erhebt er schmerzhaft sein Glas und weiß, dass sie mit ihm auf seine eigene Ignoranz und Unfähigkeit trinken.

Spätestens nach diesem Auftritt von Ginto ist Tom restlos überzeugt, auch die Gründe dafür gefunden zu haben, warum sein Vorgänger so überraschend verschwunden war. Ganz offensichtlich hatte er herausgefunden, welche dunklen Geschäfte hier liefen und sich geweigert, dabei mitzumachen. Damit war er „untragbar" geworden, wie Ginto es formuliert hat. Dessen Wortwahl und der Ton seiner Stimme in dem er das gesagt hat, lässt für Tom keinen Zweifel: Gintos Bemerkung klang so, als sei er endgültig beseitigt worden. Man wollte Wilhelm aus dem Weg schaffen! Tom schaudert. Hatte man ihn getötet? Seltsamerweise hat Tom dennoch das sichere Gefühl, Wilhelm habe die Gefahr rechtzeitig erkannt und sich in Sicherheit gebracht. Immer wieder fragt er sich allerdings, was der Grund für sein auf einmal so erstaunlich hohes Vertrauen in Wilhelms Fähigkeiten ist. Auch wenn er es nicht wahrhaben will, gibt es darauf nur eine Antwort: Wilhelms Erfahrung! Und er muss sogar zugeben, ihn mittlerweile vehement darum zu beneiden.

Flucht

Auf dem Weg zurück in das Hotel spürt er das übermächtige Verlangen, über all diese Dinge mit jemand zu sprechen, dem er noch vertrauen kann. Mayari! Dazu muss er so schnell wie möglich Yini loswerden, zumal es ihm zunehmend schwerer fällt, ihr weiter den unwissenden und leidenschaftlichen Liebhaber vorzuspielen. Auch die Suche nach immer neuen Ausflüchten auf ihre drängenden Fragen, wie er weiter vorgehen will, überfordern langsam seine Fantasie. Ganz davon abgesehen, dass er es selber noch nicht weiß. Trotz ihrer heftigen Proteste schickt er sie mit der Begründung, er sei hier fertig und ihre weitere Anwesenheit sei damit nicht mehr zu rechtfertigen, nach Singapur zurück. Er wolle sich noch privat mit einem alten Freund treffen und käme dann umgehend nach.

Yinis Flug geht am nächsten Tag schon sehr zeitig. Erschöpft haben sie daher nur noch rasch in einem der Restaurants im Hotel zu Abend gegessen. Als sie an den Aufzügen stehen, um auf ihr Zimmer zu gehen, kommt ein junger Philippiner auf Tom zu. „Ich bitte um Verzeihung, dass ich Sie anspreche, doch ich habe bemerkt, dass Sie Deutscher sind, und würde Sie gern um einen Gefallen bitten. Ich habe mit einem deutschen Geschäftspartner ein Verständigungsproblem. Es ist keine große Sache, aber sein Englisch reicht nicht aus und ich kann kein Deutsch." „Kein Problem, wo ist er denn?" „Er kommt gleich in die Cafeteria dort drüben." „Sei mir nicht böse aber ich gehe schon aufs Zimmer." Gähnend verschwindet Yini im nächsten Fahrstuhl. Tom folgt dem Mann in die Cafeteria. Suchend sieht der sich dort nach seinem Geschäftspartner um. „Sorry aber er ist noch nicht da, wird aber sicher gleich kommen." Sie gehen an seinen Tisch und warten.

Am Nachbartisch sitzt eine junge Frau. Sie trägt das Kopftuch einer Muslimin. Ihre Augen sind hinter einer dunklen, modischen Sonnenbrille verborgen. Dennoch spürt Tom, dass sie ihn unverwandt beobachtet. Ob er will oder nicht, wandern seine forschenden Blicke daher immer wieder zu ihr herüber. Plötzlich erkennt er in ihr Mayari. Er will schon aufspringen und zu ihr gehen, doch der junge Mann hält ihn mit leiser Stimme zurück. „Mayari ist eine Kusine von mir. Sie möchte dringend mit Ihnen sprechen, aber es darf auf keinen Fall jemand merken. So werde ich das für sie übernehmen." Tom sieht fragend zu ihr herüber. Sie nickt ihm unauffällig zu und dreht sich weg.

„Ich soll Ihnen von ihr ausrichten, dass Sie in großer Gefahr sind. Sie haben wohl heute im Büro ihr Handy eine Weile unbeaufsichtigt liegen lassen. Jedenfalls hat jemand darauf neben Fotos von einer Schiffsfracht ein Foto entdeckt, auf dem ihr Repräsentant gemeinsam mit einem Mann namens Joe zu sehen ist. Diesen Joe hat man befragt und dabei erfahren, dass er Ihnen wohl eine ganze Menge über die Geschäfte von Leuten erzählt hat, die darüber höchst erzürnt sind. Möglicherweise hat man ihn auf See sogar über Bord geworfen. Nach dem was meine Cousine von dem Skipper ihres Schiffs gehört hat, denke man nun darüber nach, auch Sie zu beseitigen, da Sie ihnen mit Ihrem Wissen und Ihrer Position zu gefährlich werden könnten. Sie sollten deshalb zusehen, so schnell wie möglich einen Flug zu bekommen, der Sie außer Landes bringt. Für heute Abend ist es zu spät, doch morgen sollten Sie früh aufbrechen. Sie hätten die Warnung von Elvis ernster nehmen sollen." Tom ist sprachlos. Ungläubig starrt er ihn an, unfähig, sich zu rühren. „Und denken Sie immer daran, dass Sie mit Sicherheit von diesen Leuten bereits streng überwacht werden. Der Mann der Sie von dort hinten in der Halle aus beobachtet, ist wohl einer von ihnen." Unauffällig deutet er auf einen drahtigen, offenbar hervorragend trainierten Philippiner, der sie tatsächlich nicht aus den Augen lässt. „Vermutlich wartet er vor allem darauf, dass Sie das Hotel verlassen. Das sollten Sie keinesfalls tun. Hier drinnen sind Sie zwar auch nicht außer Gefahr, aber man wird sich vermutlich einen geeigneteren Ort aussuchen, an dem man unauffälliger zuschlagen kann als hier." Tom ist leichenblass geworden und wirkt wie versteinert. Aus dem Augenwinkel nimmt er den Mann in der Halle wahr, der ihn noch immer unverändert beobachtet. In seiner Fantasie sieht er Ginto, wie er plötzlich mit düsterer Miene neben dem Mann auftaucht und hört, wie er ihm zuflüstert: „Er ist untragbar geworden. Lege ihn um!" Nur mit größter Mühe vermeidet Tom, Mayari selbst anzusprechen und auch möglichst wenig zu ihr herüberzusehen. Der Philippiner versucht, ihn etwas zu beruhigen. „Keine Sorge, wenn Sie sich beeilen, werden Sie es schon noch schaffen rechtzeitig zu verschwinden, bevor die Gangster eine endgültige Entscheidung getroffen haben." Mit breitem Grinsen fügt er noch hinzu: „Ein wenig Spannung muss doch sein, sonst wäre das Leben viel zu langweilig. Finden Sie das nicht auch?" Tom findet das ganz und gar nicht. Der junge

Mann lehnt sich zurück. Offenbar hat er seinen Auftrag erfüllt und wirft einen kurzen, fragenden Blick zu Mayari.

Noch immer fassungslos verfolgt Tom, wie sie mit einer Zigarette im Mund nun beginnt, in ihrer Tasche nach einem Feuerzeug zu suchen. Da sie keins findet, steht sie auf, geht zu Tom und hält ihm ihre Zigarette hin. „Haben Sie vielleicht Feuer?" Während er danach sucht, raunt sie ihm hinter der mit der Zigarette vorgehaltenen Hand kaum hörbar zu: „Hast du alles verstanden?" Krampfhaft versucht er nicht zu nicken oder sie zu auffällig anzusehen und zieht sein Feuerzeug heraus. „Ja. Hier ist es." Mit zittriger Hand zündet er ihre Zigarette an. „Nimm die Gefahr bitte sehr ernst. Viel Glück." „Und du? Was wird aus dir?" Sie nimmt einen langen Zug und stößt den Rauch aus. Wieder verdeckt ihre Hand mit der Zigarette ihre Lippen. „Solange niemand von unserer Verbindung etwas ahnt, komme ich schon zurecht." Einen Moment lang sieht sie ihn mit ihren großen warmen Augen an. Den Blick wird Tom sein Leben lang nicht vergessen. Nach einem höflichen, deutlich vernehmbaren „Vielen Dank! Sehr freundlich von Ihnen", kehrt sie wieder an ihren Tisch zurück und scheint ihn nicht mehr zu beachten.

Nach einer Weile erhebt sich der junge Mann und sieht sich noch einmal suchend um. Mit lauter Stimme verkündet er Tom: „Mein Geschäftspartner kommt offenbar doch nicht mehr. Schade. Aber vielen Dank für Ihre Bereitschaft, mir zu helfen." Leise fügt er hinzu: „Morgen um 06:00 Uhr warte ich in einem weißen Toyota gegenüber vom Hotel und werde Sie zum Flughafen bringen." Höchst alarmiert und verstört geht Tom zu den

Fahrstühlen. In jedem Mann, der in der Nähe herumsteht, sieht er nun einen Helfer der Bande. Ein Albtraum. Die ganze Nacht macht er kein Auge zu. Schweißgebadet wälzt er sich ruhelos hin und her. Bei jedem Geräusch vom Flur her schreckt er auf. Immer wieder überprüft er, ob er wirklich die Zimmertür verschlossen hat. Mehrmals geht er zum Fenster, um sich erneut zu vergewissern, dass es unmöglich ist, von dort in sein Zimmer einzudringen. Erst kurz bevor es bereits wieder hell wird übermannt ihn die Müdigkeit. Er ist gerade eingeschlafen, als Yini ihn aufweckt, um sich zu verabschieden und eilig zum Flughafen abzufahren. Auf ein Frühstück um diese Uhrzeit hat sie verzichtet. So sitzt er wenig später übernächtigt und alleine in der Cafeteria. Sichtlich nervös sieht er sich um. Argwöhnisch beobachtet er zwei Männer an einem nicht weit entfernten Tisch. Ihm scheint, dass sie sich bei ihrer Unterhaltung auffallend oft nach ihm umdrehen. Ob sie zu seinen Bewachern gehören? Oder der Mann in der Halle, der ihn ausführlich mustert, tut er nur so, als würde er auf jemand warten? Tom beginnt bereits an Verfolgungswahn zu leiden.

Gleich nach dem Frühstück checkt er aus. „Taxi, Mister?" Einer der in der Rezeption Herumstehenden greift nach seinem Gepäck. „Nein danke. Ich komme schon alleine zurecht." Eisern hält er seine kleine Tasche fest. Auch als er das Hotel verlässt, folgt ihm der Mann. Rasch stellt Tom sich in die Schlange der Gäste, die vor dem Eingang auf ein Taxi warten. Auch sein Verfolger bleibt unweit von ihm stehen und beobachtet unverblümt jede seiner Bewegungen. Als er sich bückt, um eine Geldmünze aufzuheben, sieht Tom deutlich eine Schusswaffe, die unter seinem Jackett verborgen im Gürtel steckt. Fieberhaft hält Tom Ausschau nach einem weißen Toyota. Zu seiner großen Erleichterung entdeckt er tatsächlich das Auto mit dem jungen Mann vom Vorabend am Steuer. Auch der hat Tom nun gesehen und fährt zum Hoteleingang vor. Rasch verlässt Tom die Warteschlange und springt in das Auto. Mit quietschenden Reifen rast sein Retter los. Durch die Heckscheibe kann Tom gerade noch sehen, wie der Mann, der ihn dort beobachtet hat, eilig zu einem auf der anderen Straßenseite wartenden Auto rennt. Doch bis er dort angelangt ist und das Auto gewendet hat, um ihn zu verfolgen, ist Tom schon außer Sichtweite des Verfolgers. Tief erleichtert atmet er auf. Mit seinem breiten Grinsen sieht ihn der junge Mann am Steuer an. „Ein aufregender Platz, Manila, nicht wahr?" Gelassen fährt er zum Flughafen.

Trotz der Morgenkühle steht Tom der Schweiß auf der Stirn. Für den strahlenden Sonnenaufgang hat er keinen Blick. „Der Mann der mich am Hotel verfolgt hat wird jetzt sicherlich seine Kumpane anrufen und über meine Abfahrt am Hotel informieren. Die Kerle werden sich denken, dass wir zum Flughafen fahren. Sie wissen nun mit was für einem Auto und zu welcher Zeit ich dort ankomme. So gut wie die organisiert sind wird man dort vermutlich alles vorbereiten, um mich abzufangen. Das Parkhaus wäre ein perfekter Platz dafür. Aber auch wenn Sie mich vor dem Eingang absetzen böten sich sicherlich auch dort gute Gelegenheiten im Gewühl zuzuschlagen." Seine raue, etwas zitternde Stimme verrät wie groß seine

Furcht ist. „Ich frage mich, wie ich unter diesen Umständen unbemerkt in die Abflughalle komme." „Das lassen Sie mal meine Sorge sein. Ich mach das schon. Sie sollten sich etwas entspannen." Tom weiß nicht, ob es die Selbstsicherheit des Mannes oder seine Gelassenheit ist, die auf ihn tatsächlich beruhigend wirken.

Als sie am Flughafen ankommen, folgt er zu Toms Erstaunen nicht den Schildern zu den Parkplätzen und fährt auch am Eingangsbereich vorbei. Für einen Moment schießt Tom der Gedanke durch den Kopf, ob er womöglich doch dem Falschen vertraut hat. Vielleicht spielt er ihm den Freund nur vor, um ihn seinerseits irgendwohin zu entführen. Doch bevor er weiter darüber nachdenken kann, halten sie vor einem Tor zum Gelände einer Flugzeugwerft. Ein Wächter begutachtet einen ihm hingehaltenen Ausweis. Sie wechseln ein paar Worte. Dann hebt er die Hand an die Mütze, grüßt und winkt sie durch. Neben einer Wartungshalle stellt sein Begleiter das Auto ab und grinst Tom wieder an. „Freunde muss man haben!" Sie müssen ein paar Hundert Meter laufen, um zu einem kleinen Seiteneingang des Flughafengebäudes zu gelangen.

Ganz offensichtlich kennt sich sein Begleiter nicht nur auf dem Gelände, sondern auch im Flughafen bestens aus. Er steuert Tom zu einem Schalter an dem er nicht unbekannt zu sein scheint. Eine freundliche Frau sucht eifrig in ihrem Rechner nachdem er ihr Toms Anliegen in der Landessprache erklärt hat. Offenbar erweist sich die Aufgabe als nicht ganz einfach. Immer wieder tippt sie neue Daten ein. Nervös schaut sich Tom um. Kann die Frau nicht etwas schneller sein? Seine Geduld wird auf eine harte Probe gestellt. Die Furcht doch noch entdeckt zu werden wächst mit jeder Minute. Er kann nicht verstehen, wie sein Begleiter unverändert so ruhig und entspannt bleiben kann. Endlich blickt sie strahlend auf. „Hier habe ich doch noch eine Verbindung gefunden. Sie müssen sich aber sehr beeilen, denn in Kürze beginnt schon das Boarding. Ich hoffe, Sie haben nur Handgepäck. Der Flug geht nach Bangkok und von dort weiter nach Frankfurt. Soll ich das Ticket ausstellen? Den Boardingpass bekommen Sie am Gate. Mit dem Ticket in der Hand bedankt er sich überschwänglich bei seinem Retter und macht sich eiligst auf den Weg zum Flugsteig.

Nachdem er die Gepäckkontrolle passiert hat, dreht er sich noch einmal um und blickt auf die dort wogende Menschenmasse zurück. Da stürmen hastig zwei Männer durch die Halle. Keuchend und fluchend erreichen sie die Sperre der Sicherheitskontrolle hinter ihm. Mit wild erregten Gesichtern sehen sie sich suchend um. So dreist, dort weiter durchzulaufen sind sie nicht. Sie wären auch nicht weit gekommen. Während sie noch nach Luft ringen, erscheinen plötzlich mehrere Polizisten. Im nächsten Moment stehen die beiden Männer mit erhobenen Händen an der Wand neben dem Gepäckband und werden durchsucht. Bei beiden werden Pistolen und Klappmesser gefunden. Nachdem die Polizisten ihnen die Waffen abgenommen haben, werden sie unter den neugierigen Blicken der Umstehenden in Handschellen abgeführt. Wie gelähmt hat Tom das unwirklich anmutende, filmreife Schauspiel verfolgt. Er hat keinen Zweifel daran, dass die beiden Gangster ihn gesucht haben und er längst Opfer einer Entführung oder gar tot wäre, wenn ihm sein junger Beschützer nicht geholfen hätte. Plötzlich entdeckt er ihn noch einmal zwischen den vielen Menschen. Mit seinem unverwechselbaren, breiten Grinsen winkt er Tom zum Abschied zu.

„Letzter Aufruf für den Flug TG 625 nach Bangkok...". Die Lautsprecherdurchsage, reißt Tom aus seiner Schockstarre, und er sieht zu, dass er ins Flugzeug kommt. Auf dem Flug muss er immer wieder an seinen geheimnisvollen Retter denken. Ob er etwas mit der Verhaftung zu tun hatte? Ist er wirklich nur ein Cousin von Mayari, der ihr aus familiärer Bindung hilft? Wohl kaum. Dazu hat er sich viel zu erfahren im Umgang mit solchen Situationen gezeigt. Zudem ist er offenbar bestens und nicht nur von Mayari über alles informiert. Wie konnte er sonst etwas von jenem mysteriösen Elvis wissen? Tom ist sich sicher, ihr nie etwas von seiner Begegnung im Raffles Hotel erzählt zu haben. Alles spricht vielmehr dafür, dass Tom es mit einem Mitarbeiter von Polizei oder Geheimdienst zu tun hatte. Wer oder was auch immer er ist, glücklicherweise hat er ihm vertraut. Wäre Mayari bei dem Gespräch am Vorabend nicht dabei gewesen, hätte Tom sicherlich auch ihm nie geglaubt und wäre wohl kaum in sein Auto gestiegen. Für einen Moment kommt ihm dabei der Gedanke, ob womöglich nicht auch Mayari selbst als Agentin für den Geheimdienst arbeitet.

Sicher in Deutschland gelandet, entschließt er sich, die Geschäfte mit den verbotenen Produkten auffliegen zu lassen. Er hat nichts mehr zu verlieren, und die Ereignisse auf dem Flughafen in Manila haben ihm den Rest gegeben. „Deutsches Unternehmen versorgt Terroristen mit modernster Technologie!" „Untergrundkämpfer bekommen wertvolle Hilfe aus Deutschland." Die Schlagzeilen der Presse in Südostasien überschlagen sich. Zahllose Menschen, werden als Mittäter und Helfer verhaftet und angeklagt. Auch in Deutschland und Japan werden Prozesse geführt, Gefängnisstrafen verhängt. Mit viel Glück gelingt es der Geschäftsführung in der Zentrale von Toms Firma glaubwürdig zu belegen, dass man von allem nichts wusste und auch nichts wissen konnte. Toms chinesischer Chef war hingegen rechtzeitig mit unbekanntem Ziel verschwunden und hatte sich so einem Gerichtsverfahren entzogen. Wie er das geschafft hat, gehört zu den vielen Rätseln fernöstlicher Weisheit. Sicher hat er es zum großen Teil seinem hervorragenden Netzwerk zu verdanken. Entnervt von den Geschehnissen hat der Eigentümer und letzte Nachfahre der Gründerfamilie von Carl Gustav Koch & Söhne seine Geschäftsanteile an ein amerikanisches Unternehmen verkauft.

Auch Tom wird für unschuldig erklärt und freigesprochen. Der von ihm so sehr gefürchtete Untergang ist ihm erspart geblieben. Er ist nicht zum entwurzelten, geächteten und verfolgten *Outlaw*, Gesetzlosen, geworden. Er ist auch nicht aus der menschlichen Gesellschaft verstoßen und an keinem Galgen aufgehängt worden. Stattdessen hat der neue Eigentümer des Unternehmens ihn zum Verbindungsmann zwischen dem Büro in Hamburg und der neuen Firmenzentrale in Ohio gemacht. Allerdings ist er deutlich leiser, vorsichtiger und bescheidener geworden, stets bestrebt erst einmal zuzuhören, bevor er handelt. Er hat sich in einen anderen Menschen verwandelt. Macht, Luxus und Privilegien haben für ihn weitgehend ihre Bedeutung verloren. Ein wenig mehr Weisheit hat seine Eitelkeit sichtbar schrumpfen lassen. Vor allem aber hat Erfahrung für ihn einen außerordentlichen Stellenwert bekommen. „Die Erfahrungen, die Sie bei einer Reise auf einer *Pinisi* sammeln würden dürften gleich für zwei Leben ausreichen...", hatte Yini einmal gesagt. Sie hatte wohl recht damit.

Neuer Wind

„Jetzt weht hier ein anderer Wind!" Geduldig hören die Mitarbeiter der Niederlassung in Singapur zu, wie sich John als ihr neuer Chef vorstellt. In Jeans und T-Shirt sitzt er lässig vor Ihnen auf einem Schreibtisch. „Vergesst die deutsche Firmengeschichte. Vergesst die Globalisierung! Dies ist jetzt ein amerikanisches Unternehmen. *Our Mission is making money!* Dazu werden wir die Produktpalette ausweiten. *Let's do a good Job.*" Mit gewinnendem Lächeln wechselt er das Thema. „Spielt jemand von euch Baseball?" Umringt von den Mitarbeitern erzählt er dann lachend irgendwelche Anekdoten von Sportereignissen aus seiner Zeit auf dem College.

Als er sich schließlich in sein Büro zurückzieht, folgen ihm Herr Zheng und Frau Li. Frau Li ist Malaiin. Herr Zheng hat sie auf die Stelle der Assistentin der Geschäftsführung gesetzt, nachdem Frau Yini von der Polizei zusammen mit ein paar anderen Sachbearbeitern verhaftet worden ist. Begeistert beglückwünscht Zheng seinen neuen Boss. „Hervorragend! Die ganze Mannschaft war sehr gespannt darauf, Sie kennenzulernen. Wir haben uns alle schon lange auf Sie gefreut, denn es war sicher an der Zeit, dass wir einen Amerikaner als Chef bekommen haben. Einen, der endlich mit dem verstaubten deutschen Formalismus Schluss macht!"

Theatralisch senkt er seinen Blick und starrt mit betroffener Miene auf den Boden. „Von den bedauerlichen Vorfällen in der Firma haben wir alle hier natürlich nichts ahnen können. Ich bin sicher, dass vieles davon auf die mangelnden Erfahrungen des bisherigen Managements aus Deutschland zurückzuführen war. Glücklicherweise sind die Schuldigen bereits gefunden worden und sehen ihrer verdienten Strafe entgegen." Sein Gesicht hellt sich wieder auf. „Wir haben viel Positives über Sie gehört und ich darf Ihnen versichern, dass auch ich persönlich nicht unglücklich bin, dass Sie ihren Vorgänger nun ablösen." Für die letzte Bemerkung hat er einen fast vertraulichen Ton gewählt. „Können wir noch etwas für Sie tun?" In der gewohnten, servilen Haltung wartet er auf Weisungen. „*Sure*, Sie können mir einen Big Mac bestellen. Mit reichlich Ketchup." Er sucht nach seinem Portemonnaie. „Was steht für morgen auf dem Programm?" „Sie müssen einen neuen Leiter für die Vertretung in Jakarta auswählen. Und dann kommt Sie Mr. Ginto besuchen." „Wer ist das?" „Ein erfahrener, bedeutender Geschäftsmann aus Hongkong. Er war früher in Manila und kennt sich in unserem Geschäft gut aus. Er will Ihnen ein neues Geschäftsmodell für eine lukrative Zusammenarbeit vorschlagen."

Manfred Hoffmann. Geboren 1950 in Berlin. Als Seeoffizier der Bundesmarine, Freelancer in der außenpolitischen Redaktion des ZDF, weltweit eingesetzter Rechtsanwalt und Troubleshooter für einen Industriekonzern und dreißig Jahre für die deutsche Außenwirtschaftsförderung in offizieller Mission an wechselnden Orten in Lateinamerika und Asien stationiert, gehört er zu den Nomaden unserer Zeit. Seine Aufgaben, Reisen und Recherchen führten ihn an ungewöhnliche Plätze und ließen ihn zahllose ausgefallene Schicksale miterleben. Inspiriert von seinen Begegnungen und Erlebnissen, widmet er sich nunmehr fiktiven Geschichten, die in jenen Weltgegenden spielen, in denen er so viele Jahre verbracht hat. Er lebt heute in Berlin und Spanien, ist verheiratet und hat zwei Söhne..

Weitere Publikationen des Autors

Abenteuer in Übersee

Vier Geschichten erzählen von Leidenschaft, Gewalt, Sehnsucht und Begierde; von Abenteuern auf See und in tropischer Wildnis; von menschlichen Schicksalen vor exotischer Kulisse. Mit den Schauplätzen der Handlungen in Asien und Lateinamerika nicht nur eng vertraut, sondern im Laufe der Jahre von dort auch stark geprägt, bürgt der Autor für besondere Authentizität.

Schreie über dem Stillen Ozean

Roman

2 Schreie über dem Stillen Ozean

Tropisches Südamerika. Claudia, behütete Tochter aus reicher Familie, gerät in die Fänge brutaler Banditen und wird in ein Bordell in der Hafenstadt Buenaventura verschleppt. Traumatische Erlebnisse drohen sie zu vernichten. Gerade noch rechtzeitig erkennt sie, dass sie nur überleben kann, wenn sie bereit ist, dafür zu kämpfen. Wild entschlossen über ihr Schicksal wieder selber zu bestimmen, bricht sie mit ihrer Herkunft und passt sich dem von Gewalt und Begierde geprägten Umfeld an. Skrupel oder Scham scheint sie nicht mehr zu empfinden. Doch bei einem abenteuerlichen Fluchtversuch in eine Urwaldsiedlung an Kolumbiens einsamer Pazifikküste erlebt sie wieder eine andere, ihr bislang ebenfalls unbekannte Welt. Angezogen von dem anspruchslosen, aber dennoch heiteren Art und der Herzlichkeit der Küstenbewohner stellt sie ihr bisheriges Leben erneut infrage. Ihr Elternhaus ist ihr endgültig fremd geworden, eine Rückkehr undenkbar. Sie muss eigene Wege gehen.

Hasardeure der Wildnis

Roman

Anne und Paul führen ein ruhiges Leben wie unzählige andere auch. Als Pauls Firma ihn jedoch zum Entsetzen seiner Frau nach Kolumbien schickt, soll sich das drastisch ändern. Durch Zufall gerät Paul in die tropische Wildnis der Llanos, des einsamen Tieflandes im Osten Kolumbiens. Dort erlebt er Bedrohung und Gewalt, aber auch Verführung, Leidenschaft und Freiheit. Begeistert nutzt er fortan jede Gelegenheit, zurückzukehren. Aus Neugier und Sorge, ihn andernfalls zu verlieren, beschließt Anne ihn auf seiner nächsten Reise dorthin zu begleiten. Zu seiner großen Überraschung ist auch sie von der grenzenlosen Freiheit der Wildnis fasziniert. Ungeahnte Sehnsüchte erwachen in ihr. Von Guerilleros, Giftschlangen oder mörderischem Gesindel läßt sie sich dabei nicht beeindrucken. Hilflos verfolgt Paul die atemberaubende Verwandlung seiner einst biederen Ehefrau in eine Hasardeurin. Doch da ist auch noch die betörende Kolumbianerin Maria mit ihrer Schenke im Nirgendwo ...

Träume **Tropen**

Geister

Roman

Rätselhaftes Asien. Auf der Suche danach, was er in den ihm noch verbleibenden Jahren tun will, reist Neurentner Karl nach Fernost. Getrieben von der Angst im Leben etwas verpasst zu haben, träumt er von Exotik und Abenteuern. Kaum in Japan angekommen, scheinen Geister mit ihm zu spielen. Anders für ihn nicht zu erklären, verfällt er einer mysteriösen Frau noch bevor er ein Wort mit ihr gesprochen und sie nicht einmal richtig gesehen hat. Sie stellt sein Leben auf den Kopf. Unter bizarren Umständen folgt er ihr auf ein dubioses Schiff und reist durch die tropischen Gewässer Südostasiens. Menschenhändler nutzen den Seelenverkäufer, um von dort Frauen als Prostituierte illegal nach Japan zu holen. Trotz aller Gefahren hat Karl allerdings nur Augen für seine geheimnisvolle Begleiterin. Er verliert sich in Träumen, doch die Realität holt ihn immer wieder ein. Dabei gelangt er zu überraschenden Erkenntnissen.

Deutsche
und andere
Exoten

Sachbuch

Beobachtungen des Autors aus drei Jahrzehnten auf Posten in Asien und Lateinamerika. Lebendig, hintergründig, kritisch, humorvoll. Ein von den Romanen und zahlreichen Bildern flankierter, ungewöhnlicher Insider-Report.